古典詩歌研究彙刊

第四輯

龔鵬程 主編

第16冊

吳梅村敘事詩研究

黃錦珠 著

國家圖書館出版品預行編目資料

吳梅村敘事詩研究／黃錦珠 著 — 初版 — 台北縣永和市：花木蘭文化出版社，2008〔民 97〕

序 4+ 目 2+162 面；17×24 公分
（古典詩歌研究彙刊 第四輯；第 16 冊）

ISBN 978-986-6657-46-7（精裝）
1.（清）吳偉業 2. 敘事詩 3. 清代詩 4. 詩評

851.472　　97012114

古典詩歌研究彙刊
第四輯　第十六冊　　ISBN：978-986-6657-46-7

吳梅村敘事詩研究

作　　者　黃錦珠
主　　編　龔鵬程
總 編 輯　杜潔祥
出　　版　花木蘭文化出版社
發 行 所　花木蘭文化出版社
發 行 人　高小娟
聯絡地址　台北縣永和市中正路五九五號七樓之三
　　　　　電話：02-2923-1455／傳眞：02-2923-1452
電子信箱　sut81518@ms59.hinet.net
初　　版　2008 年 9 月
定　　價　第四輯 20 冊（精裝）新台幣 28,000 元

吳梅村敘事詩研究

黃錦珠 著

作者簡介

黃錦珠，民國四十八年（1959）生，台灣嘉義人。國立師範大學（今國立台灣師範大學）國文學系學士，國立師範大學國文研究所碩士，國立台灣大學中國文學研究所博士。曾任台北縣立福和國中教師，國立台北師範學院語文教育學系（今國立台北教育大學語文與創作學系）副教授，現為國立中正大學中國文學系教授。撰有《白居易——平易曠達的社會詩人》、《一字之差——相似詞與相反詞（上）》、《傷心的姊妹——相似詞與相反詞（下）》、《晚清時期小說觀念之轉變》、《明清小說・清代卷》、《晚清小說中的新女性研究》等書。

提　　要

本書以吳梅村（名偉業，字駿公）之敘事詩為研究對象，研究途徑有二：一為結合史料記載，探討詩中所述之歷史人物事蹟，證實詩中所寫人物、事件，皆為真人實事，所述人物，上有君后、貴戚、重臣、名將，下有歌妓、黎民百姓等；所述事件，包括宮闈、戰爭、朝政、吏治、民生等。吳梅村以詩為史，保存明末清初之史事，又以史筆作詩，敘事過程中每寓春秋褒貶之義，前人「詩史」之評價，洵為當論。二為跳脫歷來研究詩歌之窠臼，以人物塑造、敘事觀點、情節安排、章句技巧等為討論角度，解析詩中所運用之敘事技巧，發現詩中已然具備全知觀點、限制觀點以及順敘、倒敘、從中間開始等敘事手法，可謂為中國敘事詩集大成者。詩中家國之思濃重，展現吳梅村悼亡明、慟故君、哀身世、憐生民，以及尊君王、排異族、尚名節、主歸隱等情感與思想，可見詩人之氣節意識深重，然因未能身體力行而備感痛苦。由於吳梅村好用典故，華詞豔藻，屬對精工，敘事詩亦呈現委婉曲深、哀感頑豔、富麗磅礡之多元風采。吳梅村詩名甚盛，向有「江左三大家」之譽，因曾入仕清廷，一生引為憾事，臨終遺命以僧裝入殮，題石曰「詩人吳梅村之墓」，其心跡可鑑。本書雖以敘事詩為題，於詩人之寫作意識及其中用心，亦多所闡發。中國詩歌乃以抒情為大宗，敘事雖不居主流，然歷代作者不乏，流脈長存，此中吳梅村敘事詩之成就，實蔚然可觀。

目次

出版序

這部論文完成於二十二年前，那是年少風發而且還沒有個人電腦的年代，一字一句，都是在稿紙上爬格子爬出來的。寫論文過程中，感受到求知、挖寶的無窮樂趣，因而更加堅定投考博士班的決心。當年的我，想要投考博士班，得要抗拒一些身外的壓力，排除一些有形、無形的障礙，才能走進考場落座。報考、修業、獲學位、任教、作研究，一路行來，研究領域早已從詩歌轉到小說，而今在晚清小說這塊園地也已經耕耘二十年了。

碩士論文的寫作有很多摸索與練習的成分，當年的時空背景，加上不願成爲異端的因素，於是沿襲成風舊習，採取了文言這種吃力不討好的寫作語言，如今看來，這部論文的寫作語言，竟成爲學界風習和個人生命歷程的一個記號。當年學術論文的寫作規範還處於醞釀時期，對於資料、原文、前人說法的引用及註腳方式，不但沒有定規，也沒有嚴明的範式，這部論文的資料出處與註腳格式，當初下了一番心思，現在看來，也已成爲一種歷史遺跡，陳示了學界演進的階段過程。當年兩岸隔絕，資料互阻流傳，即使很有參考價值，也不能公開引用，論文中少數只有著者、篇名而無詳細出處的資料，就反映了這種時空環境。原本可以藉這次出版機會，將出處一一補足，但幾度思量之後，決定保留原貌。這部論文對學術研究成果的貢獻如何，不敢自評，若能同時當作窺探學界歷史實況和個人學術歷程的一小窗口，感覺好像多了一點意義。沒有跌跌撞撞的過去，怎麼會有穩踏健步的現在和未來呢？

從事學術研究二十餘年，在傳統的文學研究又加入性別研究，學術生命和個人生命都有了一些不大不小的經歷和體驗，年屆半百的今天，看到舊作重新出版，是緬懷，是感慨，也是警醒。當年單純的讀書樂趣，清簡的生活內容，眞是一段隨風飄逝的美妙歌聲。如今，爲人子女、爲人妻媳、爲人母、爲人師，多重的角色身分和公私事務，使得生活如同旋轉的陀螺，忙碌的心思如同流轉不停的走馬燈，停佇腳步，品味寧靜，都成了遙遠的烏托邦幻境。想要暫離人群煙囂，也找不到桃源路徑，學術研究的情境幾乎蕩然無存，連必需的基本空間也受到擠壓，這時，看著這部舊作，只能再度惕勵自己：每一個階段、每一步足跡，都要有「不欺暗室」的盡心盡力，每一個時刻都要對得起當下的自己。

今天重新檢視這部論文，當然已經看到很多令人汗顏的地方，但是沒有過去的犯錯與摸索，就不會有更爲清正合宜的現在與未來，所以，也不必因爲稍微豐美的現在，就否定過去無知青澀的表現，而且，唯有具備洞察過去與現在的能力，才有機會期待更加圓熟的未來。希望這部論文的出版，提供照亮前路的助力。

中華民國九十七年二月黃錦珠序於國立中正大學莿竹園

原　序

我國詩歌歸類，或以體裁而分，如古、近體，五、七言之辨；或依題材而別，如登覽、懷古、送別、遷謫之分。至以抒情、敘事二類而分論之者，當寖盛於近世。唯敘事一類，所受忽略猶多。殆以抒情言志之傳統特爲深遠，抒情之作亦遠較敘事爲夥之故。然文學苑囿，萬花百草，本各擅勝場，我國敘事詩雖不及抒情詩數量繁富，其文學價值，誠不因而減色。本文之旨，蓋欲爲敘事詩園地略盡棉薄，祈使中國詩學內涵益形豐富壯麗，而免遺珠之憾。

筆者自幼好讀小說故事，於敘事性文學興趣特濃，比入研究所，幸蒙吳師宏一指導，選取本題爲研究範圍，自入手起步，即不憚煩瑣，啓悟聾聵，開示津筏，逮至二年有餘。論文粗成，適逢吳師在美，百忙之中，復悉心裁正。筆者以不才之質，幸霑化育之恩，由衷感戴，謹此誌謝。

吳師去秋赴美，承蒙陳師文華剴切指導，教益良多，感銘五內。又蒙黃師慶萱、邱師燮友與柯慶明先生、莊吉發先生決疑釋難，解惑指迷，併此誌謝。

蒐集資料與撰寫期間，嘗蒙多位學友指引、鼓勵、謄抄、校對，亦一併誌謝。

筆者學疏識淺，知聞薄陋，雖已殫盡心力，不當之處必多，至祈博雅君子，不吝賜正。

中華民國七十五年四月黃錦珠謹誌於
國立臺灣師範大學國文研究所

第一章　緒　論

第一節　敘事詩之認識

中國敘事詩之較受重視而成爲文學研究者討論對象，實受西方敘事詩之啓發。西方自《伊里亞德》、《奧德賽》兩大史詩以降，詩體敘事有其深遠壯濶傳統。與之相較，我國敘事詩創作，顯然甚爲貧弱，然不可因而逕謂中國竟無敘事詩作。近人最早注意及此者，當推胡適先生，其《白話文學史》一書，立有專章，論述敘事詩興始〔註1〕，並譽〈孔雀東南飛〉爲古敘事詩最偉大之作〔註2〕。在此之前，吾人若檢視詩話資料，將可發現，雖無「敘事詩」其名，而敘事詩作品之討論，已然不少。若能詳細搜尋，於敘事詩之研究與源流探討，當有莫大助益。今姑舉所見前人詩話數則爲例，以證所述不虛。魏泰《臨漢隱居詩話》：

> 白居易亦善作長韻敘事，但格制不高，局于淺切，又不能更風操，雖百篇之意，只如一篇，故使人讀而多厭也。〔註3〕

〔註 1〕案：胡適以「故事詩」爲稱。見《白話文學史》，第六章〈故事詩的起來〉，文光圖書公司，頁53～75。

〔註 2〕同前註，頁61。

〔註 3〕《歷代詩話》，何文煥訂，藝文印書館，頁193。

劉熙載《詩概》云：

> 杜陵五七古敘事，節次波瀾，離合斷續，從《史記》得來。而蒼莽雄直之氣，亦逼近之。
>
> 誦顯而歌微。故長篇誦，短篇歌；敘事誦，抒情歌。
>
> 長篇以敘事，短篇以寫意。〔註 4〕

賀貽孫《詩筏》：

> 敘事長篇動人啼笑處，全在點綴生活，如一本雜劇，插科打諢，皆在淨丑。〈焦仲卿篇〉，形容阿母之虐，阿兄之橫，親母之依違，太守之強暴，丞吏、主簿、一班媒人張皇趨附，無不絕倒，所以入情。若只寫府吏、蘭芝兩人癡態，雖刻畫逼肖，決不能引人涕泗縱橫至此也。文姬悲憤篇，苦處在胡兒抱頸數語，與同時相送相慕者一番牽別，令人哭泣。〈孤兒行〉寫得兄嫂有權，大兄無用。南北奔走，皆奉兄嫂嚴令，便自傳神。至「大兄言辦飯，大嫂言視馬」，則大兄未嘗無愛弟意，然終拗大嫂不過，孤兒之命可知矣。末後啗瓜覆車，無端點綴，尤是一齣鬧場佳劇，令人且悲且笑。而收場仍不放過兄嫂，作者用意深矣。〈木蘭詩〉有阿姊理粧、小弟磨刀一段，便不寂寞。而「出門見火伴」，又是絕妙團圓劇本也。後人極力摹擬，非無佳境，然一概直敘，全乏波瀾。如古本〈琵琶記〉，有詞曲，無關目；有生旦，乏淨丑，對之但覺悶悶耳。〔註 5〕

「長韻敘事」、「敘事長篇」、「五七古敘事」所指，即吾人今日所云「敘事詩」也。雖無定稱，而義旨實同。且賀貽孫《詩筏》一段所引多首作品，實已櫽括漢魏六朝敘事詩之代表名篇，爲吾人今日上溯敘事詩創作之最佳證例。凡此，於敘事詩研究，當意義非凡。再觀賀貽孫《詩筏》另一段所述：

> 長慶長篇，如白樂天〈長恨歌〉、〈琵琶行〉，元微之〈連昌宮詞〉諸作，才調風致，自是才人之冠。其描寫情事，如

〔註 4〕《藝概》，卷二，頁 7、15、16，廣文書局

〔註 5〕《清詩話續編》，木鐸出版社，頁 149～150。

泣如訴，從〈焦仲卿篇〉得來。〔註6〕

又爲敘事詩之流衍，提供可貴資料。由是，吾人可知，敘事詩雖遲至近年始成討論專題，然其作品存在於我文學源流中，且早已爲人注意，是不爭之事實。

然則，何類作品得以謂之敘事詩？關於此，已有〈中國敘事詩研究〉〔註7〕一論文，對敘事詩界義詳予探討，諸多文學概論、詩學等著作，亦均述及，且定義問題，牽涉至廣，此處不擬詳論，但略引前人之說如下：楊鴻烈《中國詩學大綱》：

> 敘事歌即「有音節的故事。」例如〈孔雀東南飛〉和〈木蘭詩〉。〔註8〕

王夢鷗《文學概論》：

> 所謂敘事，依我們的瞭解，它只是一種依循繼起的意象而發生了「多頭緒」的亦即量的擴大表達。
>
> 敘事詩只是一種詩體之名，而敘事（narration）則涵有講述故事的意思。〔註9〕

邱師燮友《中國歷代故事詩》：

> 故事詩，……詩的主題，從頭到尾，著重在鋪敘一個完整的故事。〔註10〕

吳國榮〈中國敘事詩研究〉：

> 敘事詩是敘述一外化動作的詩。〔註11〕

〔註6〕同前註，頁139。

〔註7〕吳國榮撰，文大中研所七十四年碩士論文。

〔註8〕商務印書館，頁91。

〔註9〕藝文印書館，頁166、168。案：王夢鷗先生認爲：「凡屬文學作品都是抒情的，也都是敘事的。其中唯一可分別的地方，乃在於它所表現的規模的大小，也就是屬於『量』的方面的問題；而且這問題必不關係作品的性質以及價值。」（頁166）

〔註10〕三民書局，頁4。

〔註11〕文大中研所七十四年碩士論文，頁70。案：該論文「動作」用以指謂「一系列平衡關係之改變的體系結構」（頁75），簡言之，可謂爲「一套事件」，蓋文中嘗謂：「『敘事詩』可以初步解釋爲『敘述一套事作（動作）的詩』」（頁70）。

觀前列引述，事實上現今存在於敘事詩之問題已可窺見：一、名稱紛歧。或稱敘事詩，或稱故事詩，楊鴻烈則稱敘事歌。二、界義未定。因此各家皆須自下界義，而彼此界義，又互有差異。

然而雖互有差異，仍大致可歸納出一共同趨向，質言之，各家界義，大多指出，敘事詩具有敘述故事之內涵。進而分析之，則故事，爲一系列事件發展而成。事件，乃人物行動於其中者。因而綜覽〈孔雀東南飛〉、〈悲憤詩〉、〈木蘭詩〉等敘事篇作，可發現人物、事件，爲其兩大題材。經作品鋪敘描述，讀者可從中獲知特定之事件發展經過與人物性格形象。如〈孔雀東南飛〉鋪敘焦仲卿夫婦恩愛，被迫割離，最後二人同赴黃泉經過。而吏母之專橫，府吏之柔懦，蘭芝之堅強性格，均塑造深刻。〈悲憤詩〉述蔡琰遭亂被擄，流落胡地，而後贖歸中原經過。其命運多舛之苦難形象，亦躍然紙上。是知事件發展、人物形象，同爲敘事詩主要表現內涵。

實際言之，現今對「敘事詩」一辭之普遍了解，即爲指稱講述故事或記錄人物事件之詩。而由上所述，事件發展與人物形象，既同爲敘事詩主要表現內涵，今因據以擬述「敘事詩」義涵如下，以爲本文選取吳梅村敘事詩作之準繩：「敘事詩乃以詩之形式，描述特定事件發展、人物形象之作品。」

第二節　研究資料與範圍

吳梅村今存詩文集有四庫著錄本《梅村集》四十卷，含詩十八卷、詩餘二卷、文二十卷。與武進董氏刊本《梅村家藏稿》五十八卷，含詩二十卷、詩餘二卷、文三十五卷、詩話一卷。《梅村集》因刊於清初，爲避時諱，所錄詩文不若家藏稿之多。家藏稿於清宣統二年始發現，多詩七十三首、詩餘五首、文六十一首與詩話一卷。〔註12〕至於今存梅村詩注，則有三家，各家互有所長，乃程穆衡、靳榮藩與吳翌

〔註12〕《清人文集別錄》，張舜徽著，明文書局，頁9。

鳳。程穆衡本爲編年詩箋，時距梅村之世最近，知聞其詩遺事較多，故多釋詩旨、本事。靳榮藩務於搜羅典故，詩詞出處，周悉備至。吳翌鳳則精覈審贍，以審實爲長。今欲研究梅村敘事詩，參據上述五書，而取《梅村家藏稿》爲底本，校其文字，核諸箋釋，祈資料較爲完備確實。茲列舉各版本名稱及簡稱如下：

簡　稱	原　稱	版　本
家藏稿	《梅村家藏稿》五八卷，卷一至二十	上海涵芬樓影印董氏新刊本
四庫本	《梅村集》四十卷，卷一至十八	清初刊本
程箋本	《吳梅村先生編年詩集》十二卷	程穆衡箋，楊學沆補注，《太倉先哲遺書》本
靳覽本	《吳詩集覽》二十卷	靳榮藩輯，中華書局四部備要本
吳注本	《足本箋注吳梅村詩集》十八卷	吳翌鳳注，廣文書局
三家注本	程箋本、靳覽本、吳注本之合稱	

既謂敘事詩乃以詩之形式，描述特定事件發展、人物形象之作品，據此而選取吳梅村敘事詩，可得作品三十八首。茲表列如下，並明各本出處，是爲本論文之研究範圍。

詩題	家藏稿		四庫本		程箋本		靳覽本		吳注本		型態類別
	卷	頁	卷	頁	卷	頁	卷	頁	卷	頁	
臨江參軍	一	1	一	7	一	10	一上	14	一	9	一
避亂六首	一	2	一	10	一	18	一下	2	一	12	一
吳門遇劉雪舫	一	5	一	5	二	15	一上	11	一	7	一
哭志衍	一	7	一	14	一	15	一下	7	一	15	一
閬州行	一	8	一	17	三	15	一下	13	一	20	一
遇南廂園叟感賦八十韻	一	9	二	4	五	13	二上	9	二	6	一
殿上行	二	3	六	20	一	2	六下	13	六	25	四
雒陽行	二	3	四	11	一	4	四下	1	四	14	一
畫蘭曲	二	4	五	5	九	12	五上	8	五	6	二
永和宮詞	三	1	四	6	一	14	四上	11	四	8	一
〈琵琶行〉并序	三	2	四	9	二	9	四上	16	四	12	一
聽女道士下玉京彈琴歌	三	4	四	15	三	9	四下	9	四	20	一

後東皐草堂歌	三	5	四	18	三	11	四下	14	四	23	二
東 萊 行	三	6	五	1	二	7	五上	1	五	1	一
鴛 湖 曲	三	6	五	2	三	2	五上	3	五	3	二
蕭史青門曲	三	8	五	18	七	11	五下	11	五	20	一
圓 圓 曲	三	9	七	4	一○	5	七上	6	六	4	一
蘆 洲 行	三	11	五	7	四	6	五上	12	五	9	三
捉 船 行	三	12	五	8	四	6	五上	13	五	9	二
馬 草 行	三	12	五	8	四	7	五上	14	五	10	三
堇 山 兒	三	12	五	20	六	6	五下	15	五	23	二
思陵長公主輓詩	七	1	一六	4	六	15	一六上	7	一六	5	一
贈家侍御雪航	九	1	二	8	六	12	二上	15	二	10	一
送何省齋	九	2	二	10	八	15	二下	2	二	12	一
礬清湖并序	九	4	二	14	九	3	二下	9	二	16	一
清涼山讚佛詩四首	九	5	三	1	一一	7	三上	1	三	1	一
送周子俶四首	九	7	三	6	九	15	三上	9	三	7	一
直 溪 吏	九	10	三	12	一二	17	三下	8	三	13	二
臨 頓 兒	九	10	三	13	九	12	三下	9	三	14	二
楚兩生行并序	一○	1	五	13	四	15	五下	5	五	15	二
茸 城 行	一○	2	五	15	四	17	五下	8	五	17	四
王 郎 曲	一一	1	五	12	七	10	五下	2	五	13	二
臨淮老妓行	一一	2	六	18	六	4	六下	11	六	23	一
雁門尚書行并序	一一	4	六	4	一	7	六上	6	六	5	一
銀 泉 山	一一	8	六	14	七	19	六下	2	六	17	四
松 山 哀	一一	10	六	18	七	15	六下	8	六	22	一
打 冰 詞	一一	10	六	24	六	8	六下	19	六	29	二
再觀打冰詞	一一	10	六	24	六	8	六下	20	六	29	二

三十八首作品，敘事題材簡繁不一，寫作技巧亦隨之變化多樣，唯其表現手法，極少口語對話，而多獨白講述方式。柯慶明先生嘗概分我國敘事詩之敘事型態爲「情境敘述」與「戲劇呈現」兩途〔註13〕，前者以〈悲憤詩〉，後者以〈孔雀東南飛〉爲表率。吳梅村敘事詩絕

〔註13〕〈苦難與敘事詩的兩型——論蔡琰《悲憤詩》與《古詩爲焦仲卿妻作》〉，柯慶明著，《文學美綜論》，長安出版社，頁100、133～134。

大部分近於〈悲憤詩〉，亦即爲「情境敘述」方式，若〈孔雀東南飛〉雜十數人口語者，可謂無之。

其敘事題材繁者，例〈臨江參軍〉、〈蕭史青門曲〉、〈圓圓曲〉等，人物事件複雜錯綜，篇幅龐大，蔚然巨觀。述當代重大時事之作多屬此類，前表「型態類別」欄內，標第「一」類者是，數量居吳梅村敘事詩之大部。敘事題材簡者，如〈堇山兒〉、〈直溪吏〉、〈畫蘭曲〉、〈王郎曲〉等，人物事件均較簡單，發展脈絡極爲單純，作品篇幅亦較短小，彷彿〈上山採蘼蕪〉、〈婦病行〉等短篇型態，此爲前表第「二」類。若〈蘆洲行〉、〈馬草行〉所敘，蓋爲眾多百姓之共同遭遇，故人物略顯籠統，前表第「三」類者屬之。又〈殿上行〉、〈茸城行〉等作，諸事件呈橫排並列方式，縱式發展之軌跡較曖昧難尋，蓋偏重於刻劃人物形象而然，其寫作型態又稍異於前述諸類，此即前表第「四」類。

上述四類，大別爲吳梅村敘事詩之重要敘事型態，其中以第一類表現最爲完整成熟，亦爲吳梅村敘事詩之代表佳作也。

唯敘事詩之研究，實多叢棘，而闢荒斬荊，事誠不易。又學聞薄陋，未利其器。是以工倍而功半，恒遭阻滯。撰述之難，大別有二：

一、「敘事詩」一詞界義未定。典型之作，固易識別，唯部分篇章游離於邊緣，似是似非，鑑別之際，煞費周章。

二、參考資料貧乏。今見研討敘事詩之著述，多綜合而論，罕析立節目者。理論探討，則幾付闕如。甚乏參考之資。

基於上述情形，本章第一節即先爲敘事詩略下界義，至於資料貧乏部分，不得已，乃援引其他敘事文學理論〔註14〕，祈冀他山之石，可以攻錯。唯欲免削足適履之非，理論援用，務以解釋吳梅村敘事詩之實有現象爲準，故於該理論原適用現象，或有未盡契合之處，然於作品本身，力求毋陷於牽合穿鑿，庶幾乎忠實展現吳梅村敘事詩之內涵與技巧眞貌。

〔註14〕如《小說的分析》，William Kenney 著，陳迺臣譯，成文出版社。

第三節　研究目的與方法

敘事詩現已成為研究專題，短篇論文外，亦有專著、專論。如邱師燮友著《中國歷代故事詩》〔註15〕，梁榮源撰〈唐代敘事詩研究〉〔註16〕，吳國榮撰〈中國敘事詩研究〉〔註17〕等是。然邱師之著但見其流衍，吳氏之撰旨詳其名義，於敘事詩之內涵與技巧，皆僅略事討論。梁氏論文雖專析作品，然據個篇綜述，乃總括以言。而欲詳探敘事詩之特有內涵與技巧，實宜擘肌分理，精剖深析，始易發微剔幽，一窺究竟。又梁氏乃取有唐一代為題，專家之論，迄今無之。而吳梅村敘事之作，於我國敘事詩流脈中，誠具異采，且有拓展敘事詩體之功，其內涵與手法，亟待吾人爬抉疏揚。因茲綜合其三十八首敘事詩，自題材、思想、感情、人物塑造、敘事觀點、情節安排、章句技巧、史實辨證等多方面、多角度研討之。務期條分縷析，振綱舉目，冀明吳梅村敘事詩之內涵與表現手法，進窺其成就與對敘事詩之貢獻。亦欲經由具體作品之研究，提供資證，以助瞭解中國敘事詩之寫作型態。

至於本文撰寫之方法與步驟，則如下述：

一、以吳梅村詩為重心，廣為搜羅相關資料，並予整理分析。以詩為主，吳梅村其他詞文著作為輔，復旁涉他人之敘事詩作，又研閱各種相關論著，首先擬立敘事詩選取標準而劃定研究範圍。

二、反覆熟讀三十八首敘事之作，參閱相關資料，詳細玩味其中旨涵與手法。

三、就精讀所得，復參引其他敘事文學理論，歸納、分析，取決作品之探討角度而立其章節。

本論文選述之際，所參前人時賢之說，未敢遽信，亦未敢輕言捨棄，務求多方思索與印證。而敘事詩之研究，猶多榛莽待闢，本論文願能為爾後研究者之基石。

〔註15〕三民書局。

〔註16〕台大中研所六十一年碩士論文。

〔註17〕文大中研所七十四年碩士論文。

第二章　吳梅村與敘事詩

「知人論世」向為研究文學作品之前奏，而在我國「詩言志」傳統影響下，瞭解作者背景，以助探討作品內涵，亦確有必要。吳梅村敘事詩所紀，多當代時事，又身歷兩朝，深閱滄桑，作品每流露極幽沉之哀情，益須藉由知人論世之徑，以充分揭發其題旨意涵。是故略述其生平、時代背景與寫作因緣三事，以為研討作品之前驅。

第一節　吳梅村生平

吳梅村，名偉業，字駿公，梅村者所居園之稱也，舊為明吏部王士騏之別墅，名賁園，亦名莘莊，吳偉業於甲申、乙酉年間購得，著意拓築園亭林泉之勝，以為鼎革後避世隱居並賓游講論之所，因以自號焉。其七律有〈梅村〉一首云：

枳籬茅舍掩蒼苔，乞竹分花手自栽。
不好詣人貪客過，慣遲作答愛書來。
閒窗聽雨攤詩卷，獨樹看雲上嘯臺。
桑落酒香盧橘美，釣船斜繫草堂開。〔註1〕

園內亭舍溪林之景及居者恬澹悠游之生活，可以概見。

梅村生於江南太倉州（今江蘇省太倉縣），舊縣位婁江之東，故

〔註 1〕《家藏稿》，卷五，頁1。

又稱婁東。江南山明水秀，文風鼎盛，自古已名，梅村生長其間，亦薰染溫文爾雅，流蕩宛轉之文人氣息，試觀所作〈望江南〉詞：

江南好，聚石更穿池。水檻玲瓏簾幕隱，杉齋精麗繚垣低。木榻紙窗西。(其一)

江南好，翠翰木蘭舟。窄袖衩衣持檝女，短簫急鼓采菱謳。逆槳打潮頭。(其二)

江南好，博古舊家風。宣廟乳爐三代上，元人手卷四家中。廠盒鬬雞鍾。(其三)〔註 2〕

梅村〈望江南〉詞計十八首〔註 3〕，將江南屋臺亭池、錦鱗紫蟹、雲繪鳳綃與夫文物器玩、摴蒱歌戲諸般人地風光，描繪得淋漓盡致。而觀其早期詩作，如〈早起〉：

早涼成偶游，惜爽憇南樓。碁響鳥聲動，茶烟花氣浮。
衫輕人影健，風細客心柔。餘興閒支枕，清光淺夢收。

〔註 4〕

〈贈妓郎圓〉：

輕靴窄袖柘枝裝，舞罷斜身倚玉牀。認得是儂偏問姓，笑儂花底喚諸郎。〔註 5〕

詩風則流麗清綺，正是山明水秀，足起流思之顯現。是故《四庫全書總目提要》謂「其少作大抵才華豔發，吐納風流，有藻思綺合，清麗芊眠之致」〔註 6〕。梁任公亦評其詩風「靡曼」〔註 7〕。梁氏之說若以涵蓋全部作品，似爲太過，然若以指評早期之作，亦可謂識者之論。此實地理環境之影響所致也。

梅村生於明萬曆三十七年(西元 1609 年)，五月二十日。先世本

〔註 2〕同前註，卷二一，頁 1。
〔註 3〕卷二一原收十七首，另補遺又錄一首，故計十八首。
〔註 4〕《家藏稿》，卷四，頁 2。
〔註 5〕同前註，卷八，頁 1。
〔註 6〕《四庫全書總目提要》，卷一七三，商務印書館，第四冊，頁 581。
〔註 7〕梁啓超：「以言夫詩，眞可謂衰落已極。吳偉業之靡曼，王士禎之脆薄，號爲開國宗匠。」《清代學術概論》，商務印書館，頁 104～105。

居河南，元末避兵，遷於蘇州崑山之積善鄉〔註 8〕。自五世祖吳凱起，三世仕宦，後家道中落，祖吳議孤貧，幼贅於僑居太倉之瑯琊王氏，始定居太倉。梅村生稟異質，而羸弱多病，其於〈秦母于太夫人七十序〉云：「余自少多病，由衣服飲食、保抱提攜，唯祖母之力是賴。」〔註 9〕於〈與子暻疏〉云：「吾少多病，兩親護惜，十五、六不知門外事。」〔註 10〕又〈周子俶東岡藁序〉亦云：「余禀受羸弱，積疢沈綿。」〔註 11〕此積疢之苦，一生與俱。談遷《北游錄》中載談氏與梅村往來見訪，亦屢見其臥病之紀錄〔註 12〕，是爲梅村生平苦事也。

父吳琨，字禹玉，能文章，爲諸生，然終生未舉，授經里中爲業。梅村幼年即隨父讀書於各館塾，因而結交穆苑先、吳志衍、吳純祜、孫令修等多位「居同巷、學同師」之少年學侶。梅村〈穆苑先墓誌銘〉云：

> 自余生十一始識君，居同巷，學同師；出必偕，宴必共，如是者五十年。……余之初就君齋讀書也，有同時游處者

〔註 8〕梅村〈先伯祖玉田公墓表〉：「余家世鹿城人，自禮部公以下大參、鴻臚三世，皆葬於鹿城。……嘉、隆中鹿城有倭難，伯祖自以私財募兵千餘人，轉戰湖泖間。」（《家藏稿》，卷五十，頁 4）自言先祖三世爲「鹿城」人。然〈徐季重詩序〉則云：「余本崑人，遷而去之者三世矣。……夫崑山東岡之畔，先參政之丙舍在焉。」（《家藏稿》，卷三十，頁 5～6）「先參政」即前文之「大參」，二說地點，似相牴牾。另顧師軾〈梅村先生世系〉：「七世祖子才，名無考，河南人。元末避兵，始遷蘇州崑山之積善鄉。」顧湄〈行狀〉：「吳爲崑山名族。……自禮部公以下三世皆葬於崑。」均謂爲崑山。〈張南垣傳〉則云：「（張南垣）與人交，好談人之善，不擇高下，能安異同，以此游於江南諸郡者五十餘年。自華亭、秀州外，於白門，於金沙，於海虞，於婁東，於鹿城，所過必數月。」（《家藏稿》，卷五二，頁 6）海虞爲常熟別名，婁東乃太倉別名，疑鹿城亦崑山別稱。惜所閱方志與相關工具書皆無考，未得確證。

〔註 9〕《家藏稿》，卷三八，頁 5。

〔註 10〕同前註，卷五七，頁 4。

〔註 11〕同前註，卷三一，頁 1。

〔註 12〕見《北游錄》〈紀郵〉上、下，《國榷》附，鼎文書局，頁 65、67、86、94。

四人。志衍、純祜爲兄弟，魯岡與之共事，其輩行差少，皆吳氏，余宗也。鄰舍生孫令修亦與焉。〔註 13〕

時經生家多崇尚俗學，研習制文，而梅村獨好史漢，至老猶不少衰。嘗聞州人周瓚熟諳史事，即招與讀書，或事有疑誤，輒就問之。〔註 14〕熟於兩《漢》、《三國》及《晉書》、《南北史》。舉凡經史疑義，朝章國故，亦莫不究悉原委，洞若指掌。年十四，能屬文，張溥見而嘆之曰：「文章正印，其在子矣！」〔註 15〕因留受業於門。後張氏肇舉復社，梅村亦入社局，且爲社中之翹楚。

崇禎四年辛未（西元 1631 年），舉南都會試第一，殿試一甲第二，時年二十三耳。莊烈帝批其卷，有「正大博雅，足式詭靡」〔註 16〕之語。授翰林院編修，入翰林制辭亦有「陸機詞賦，早年獨步江東；蘇軾文章，一日喧傳天下」〔註 17〕之謂。才力之富贍，由是可以得知。以尚未授室，「特撤金蓮寶炬，花冠幣帶，賜歸里第完姻，於明倫堂上行合巹體」〔註 18〕，世人爭以爲榮。張溥〈送吳駿公歸娶〉詩有「人間好事皆歸子」〔註 19〕之語，陳繼儒〈吳駿公奉旨歸娶二首〉其二亦云：

年少朱衣馬上郎，春闈第一姓名香。
泥金報入黃金屋，種玉人歸白玉堂。
北面謝恩纔合巹，東方待曉正催妝。
詞臣何以酬明主？願進關雎窈窕章。〔註 20〕

梅村嘗自言：

吾一生快意，無過三聲：臚唱占雲，宮袍曜日，帶醒初上，

〔註 13〕《家藏稿》，卷四六，頁 4～5。
〔註 14〕《吳詩談藪》，卷之上，頁 8，靳覽本附。
〔註 15〕〈吳先生偉業行狀〉，顧湄撰，《碑傳集》，卷四三，頁 18，光緒十九年江蘇書局校刊本。
〔註 16〕同前註。
〔註 17〕〈吳梅村先生墓表〉，陳廷敬撰，靳覽本附。
〔註 18〕〈梅村詩鈔小傳〉，鄭方坤撰，《清朝詩人小傳》，卷一，廣文書局，頁 16。
〔註 19〕《梅村先生年譜》引，顧師軾纂，卷一，頁 4，《家藏稿》附。
〔註 20〕《陳眉公先生全集》，卷三一，頁 34，明崇禎間刊本。

奏節戞然；錦晝御輪，綺宵卻扇，流蘇初下，放鈎鏗然；

海果生遲，石麟夢遠，珠胎初脫，墮地呱然。〔註21〕

此際「戞然」「鏗然」二聲齊響，春風得意，少年盛事，當世無二矣。

梅村入朝初立，張溥即緝大學士溫體仁通內結黨，援引同鄉諸事，繕疏成稿，授其參之，梅村以未習朝局不敢遽應，乃增損其稿改劾體仁之黨蔡奕琛。崇禎十年，復劾首輔張至發，雖疏入不報，而直聲動朝右。明年，又與楊士聰謀劾吏部尚書田惟嘉與太僕寺卿史𡎖諸不法事，田、史二人，至發鷹犬也，於是梅村遂與權臣兩立矣。

崇禎九年秋，往典湖廣鄉試，與楚地之士大夫熊開元、鄭友元會游，副使者刑科給事中宋玫亦相得甚。諸人酹酒江樓，商校文史，談天下事，慷慨激昂，乃至於流涕縱橫。十年，充東宮講讀官。十二年，升南京國子監司業。十三年，升中允諭德，會嗣父文玉公吳瑗卒，丁艱歸里。而海內方動亂紛紜，天災民變，與時俱烈。至崇禎十七年三月，流寇陷京，莊烈帝自縊，後雖有南明三王之殘局，而有明近三百年之社稷，實亡於斯矣。梅村一生遭際閱歷，亦轉入另一階段。

甲申國變，梅村與願雲法師相期出世，但終牽帥不果〔註22〕。南都福王立，召拜少詹事，與馬、阮不合，登朝一月歸。後營建梅村，築舊學庵，擬吟詠著述終老。不意薦剡交上，有司敦逼。先是順治二年以後，江南初定，清廷即南北二闈開科取士，江南名士，多有出而應試者。又廣徵故老遺賢。梅村雖不通請謁，猶主持文社，聲名益重，隱然即東南宗主。順治九年夏，薦事因起，兩江總督馬國柱疏舉之來京。侯方域聞訊，立貽書以「不可出者三」「不必出者二」〔註23〕約之，並〈寄吳詹事〉詩一首〔註24〕，以「少年學士今白首，珍重侯嬴

〔註21〕《梅村先生年譜》引，顧師軾纂，卷一，頁3，《家藏稿》附。

〔註22〕見〈贈願雲師并序〉與〈喜願雲師從廬山歸并序〉，《家藏稿》，卷一，頁6；卷十三，頁4。

〔註23〕〈與吳駿公書〉，《壯悔堂文集》，卷三，頁 17～18，《壯悔堂集》，中華書局《四部備要》。

〔註24〕《四憶堂詩集》，卷六，頁3，《壯悔堂集》，中華書局《四部備要》。

贈一言」，殷殷致意。梅村亦撰〈上馬制府書〉、〈答黃總戎書〉、〈辭薦揭〉〔註25〕等控辭再四。順治十年，吏部侍郎孫承澤復疏薦其「學問淵博，氣宇凝定，東南人才，無出其右者」〔註26〕，且兩親畏逼，流涕辦嚴，攝使就道。而性格柔弱，「脫屣妻孥非易事」〔註27〕之吳梅村，亦不敢有壯士斷腕般之抗拒作爲，於是十年九月發程入都，一生節守，由焉爲士論所議。

梅村貳仕於清，有諒之者，有譏之者。劉獻廷《廣陽雜記》嘗云：

> 順治間，吳梅村被召，三吳士大夫皆集虎邱會餞。忽有少年投一函，啓之，得絕句云：「千人石上坐千人，一半清朝一半明。寄語婁東吳學士，兩朝天子一朝臣。」舉座爲之默然。〔註28〕

若所記「集虎邱會餞」事不妄，則似乎應詔新朝，亦屬光榮之舉，故三吳士大夫大事餞行。實於改朝換代之際，貳臣又豈止一人而已？蓋時代變異，非由人也。唯若以士節而論，終究有虧，李慈銘之說頗爲中允：

> 梅村出處之際，固屬可原，比之錢蒙叟，殆不可同年而語。其出也，以蒙復社黨魁之名，杭人陸鑾劾其有異志，故不得不應召。雖然，國破家亡，而尚欲護持社局，致匪人得以東林遺孽齮齕之，遂以一生爲天下笑，宜哉！〔註29〕

至於梅村本人心情，表現於詩作之中者，則顯見爲無奈、沉鬱而有幽深之痛。〈自嘆〉、〈過淮陰有感二首〉、〈將至京師寄當事諸老四首〉〔註30〕等詩，皆深致斯懷。其中有句云：「白衣宣至白衣還」〔註31〕，此乃梅村所想望之兩全其美結局，然而其兒女親家陳之遴，

〔註25〕〈上馬制府書〉〈答黃總戎書〉見《家藏稿》，卷五四，頁7～8；〈辭薦揭〉見卷五七，頁4。

〔註26〕《清史列傳》，卷七九，頁19，中華書局。

〔註27〕〈賀新郎〉病中有感，《家藏稿》，卷二二，頁7。

〔註28〕卷第一，河洛出版社，頁10。

〔註29〕《越縵堂讀書記》，李慈銘撰，世界書局，頁722。

〔註30〕三詩依次見於《梅村家藏稿》，卷六，頁6；卷十五，頁1；卷十五，頁2。

〔註31〕〈將至京師寄當事諸老四首〉其四，《家藏稿》，卷十五，頁2。

與舊爲幾社人物之陳名夏，此時同官大學士，正思有以藉梅村聲望增固己位，故共力薦之，全節還山之望遂落空。召入，授秘書院侍講，敕纂修孝經衍義，尋升國子監祭酒。在京三年，名列詞臣，於政事上無甚表現，若謂所獲，當在於以詩文論交四方士子，並實地觀察亡明之故家滄桑。其〈吳六益詩序〉云：

> 余留京師三年，四方之士，以詩文相質問者無慮以十數，其間得二人焉。於史則談孺木〔註32〕，於詩則吾家六益〔註33〕而已。〔註34〕

曹溶、龔鼎孳、陳大樽等，亦皆與之頻相往來，互酬詩文。

順治十三年，丁嗣母憂南返，終償掛冠歸隱之宿願，然出處名節之誤已鑄，而令梅村引爲終身憾事。其〈與子暻疏〉云：

> 吾以草茅諸生，蒙先朝巍科拔擢，世運既更，分宜不仕，而牽戀骨肉，逡巡失身，此吾萬古慚愧，無面目以見烈皇帝及伯祥諸君子，而爲後世儒者所笑也。〔註35〕

歸里後家居十餘年，卒於清康熙十年（西元1671年）十二月二十四日，享年六十三。遺命以僧裝入斂，墓前立圓石，題曰「詩人吳梅村之墓」。

既歷世亂國亡，觀其詩文風格，已迥異昔時，試舉二例，以見其餘。〈寄房師周芮公先生四首并序〉其一：

> 惆悵平生負所知，尺書難到雁來遲。
> 桄榔月暗嚴城閉，鵾鳩風高畫角悲。
> 湖裏逢仙占昔夢，洞中遇叟看殘碁。
> 脱身衰白干戈際，筍屐尋山話後期。〔註36〕

〈賀新郎〉病中有感：

> 萬事催華髮，論龔生天年竟夭，高名難沒。吾病難將醫藥

〔註32〕談遷，字孺木，海寧人。
〔註33〕吳懋謙，字六益，華亭人。
〔註34〕《家藏稿》，卷三十，頁3。
〔註35〕同前註，卷五七，頁5。
〔註36〕同前註，卷十五，頁7。

> 治，耿耿胸中熱血，待灑向西風殘月。剖却心肝今置地，問華佗解我腸千結。追往恨，倍淒咽。　故人慷慨多奇節。爲當年沈吟不斷，草間偷活，艾炙眉頭瓜噴鼻，今日須難訣絕。早患苦重來千疊，脫屣妻孥非易事，竟一錢不值何須說！人世事，幾完缺？〔註 37〕

其情淒愴哀咽，甚至憾恨憤激已極，《四庫全書總目提要》謂：

> 及乎遭逢喪亂，閱歷興亡，激楚蒼涼，風骨彌爲遒上。暮年蕭瑟，論者以庾信方之。〔註 38〕

其詩風之轉變，確如所論。

梅村一生以文會友，廣交四方名士。詩文集內可見交往酬贈之親友，即達三百餘人〔註 39〕，其中赫赫有名者，如黃道周、瞿武耜、陳子龍、陳維崧等均是。與號「明末四公子」之侯方域、冒襄、方密之、陳貞慧，亦互有往來。而與錢謙益、龔鼎孳，除相爲酬唱外，三人並以詩齊名，合稱「江左三大家」。

梅村以詩名世，亦雅善書畫，顧湄〈行狀〉云：「尺蹏便面，人爭藏弆以爲榮。」文不及詩，而亦甚雅健。有詩十八卷，詞二卷，文二十卷，合爲《梅村集》四十卷，即《四庫全書》總目著錄本。乃康熙七年，顧湄、周瓚等編校付梓。後宣統二年，武進董康得舊鈔吳氏家藏稿，釐爲《梅村家藏稿》五十八卷，刊以行世。詩文外，尚有《秣陵春》、《通天臺》、《臨春閣》等樂府三種，又有《梅村詩話》一卷，並輯《綏寇紀略》十二卷，《鹿樵紀聞》三卷，與《復社紀事》一卷。晚年更著《春秋地理志》十六卷，《春秋氏族志》二十四卷，惜未刊傳，今均已佚。〔註 40〕

〔註 37〕同前註，卷二二，頁 7。

〔註 38〕《四庫全書總目提要》，卷一七三，商務印書館，第四冊，頁 581。

〔註 39〕〈吳梅村及其三種曲研究〉歐陽岑美撰，高師國文研究所七十一年碩士論文，頁 21。

〔註 40〕有關梅村生平之記載及研究頗多，謹列所見較爲重要者，以供詳參：
《梅村先生年譜》四卷，顧師軾纂，《家藏稿》附。
《吳梅村年譜》，日．鈴木虎雄編，《「高瀨博士還曆紀念」支那學論

第二節　吳梅村時代背景

時代背景之於個人，恒具一定影響力，而於梅村者，其影響尤大焉。蓋由時世動亂，社稷興替，乃造就其一生坎壈遭遇與顛沛身世，尤以再仕失節引爲終身恨事，不得天下士子諒者〔註41〕，一由是致焉耳。又梅村詩作多以亡明史事入之，眷眷乎社稷民生，切切乎世局興替，非徒以吟風咏月，抒發情愁爲事，則時代之於梅村，其關係牽連，

叢》，日本京都弘文堂書房，頁795～853。
《吳梅村（偉業）年譜》，馬導源編，文海出版社《近代中國史料叢刊》第九十五輯。
〈吳偉業傳〉，《清史列傳》，卷七九，頁19，中華書局。
〈吳偉業傳〉，《清史稿》，卷四八四，鼎文書局，頁13325～13326。
〈吳先生偉業行狀〉，顧湄撰，《碑傳集》，錢儀吉纂，卷四三，頁18～20，光緒十九年江蘇書局校刊本。
〈吳梅村先生墓表〉，陳廷敬撰，靳覽本附。
〈吳偉業〉，《文獻徵存錄》，王藻、錢林纂，卷二，頁28～29，咸豐八年刻有嘉樹軒藏板。
〈婁東耆傳〉，程穆衡撰，程箋本附。
〈吳偉業〉，鄧之誠撰，《清詩紀事初編》，卷三，鼎文書局《歷代詩史長編》，頁412～415。
〈梅村詩鈔小傳〉，鄭方坤撰，《清朝詩人小傳》，廣文書局，頁15～18。
〈吳梅村及其文學批評〉，林文寶，《臺東師專學報》，第二期，頁1～31。
〈吳梅村的生平〉，王建生，《東海中文學報》，第二期，頁177～192。
〈吳梅村交遊考〉，王建生，《東海學報》，第二十期，頁83～101。
〈談遷與吳梅村〉，孫克寬，《大陸雜誌》，第五十卷第三期，頁44～47。
〈吳梅村及其三種曲研究〉，歐陽岑美撰，高師國文研究所民國七十一年碩士論文，頁1～59。

〔註41〕《吳詩談藪》，卷之下，頁5，引荊蔭南書曰：「梅村當勝國時，身負重名，位居清顯。當改玉改步之際，縱不能與黃蘊生、陳臥子諸公致命遂志，若隱身岩谷，絕口不道世事，亦無不可。乃委蛇好爵，永貽口實，雖病中口占，有一錢不值之語，悔之晚矣！士君子出處大節，脚根須當立定，祈嚮一差，萬事瓦裂，吾輩不可不時時儆凛也。」靳覽本附。今人張舜徽、黃裳，說皆類此。見《清人文集別錄》，張舜徽著，明文書局，頁9；〈陳之遴與吳梅村〉，黃裳著，《中華藝林叢論》，文馨出版社，頁623。

特密切於一般詩人矣。故略述明末清初朝局動盪、社會變亂、政權推移之概況，與梅村詩相爲對照，以察時代與其敘事詩之關連，而爲研探作品之先徑。

明自中葉以降，政事逐漸瘵敝，變亂迭起。逮崇禎立朝，已然百弊叢生，元氣澌盡，故雖辛勤用事十七年，終難挽既倒之狂瀾。陷北京而亡明朝者，固流寇李自成，然若究明之所以亡，實「外緣於清興，內困於流寇，臣逞於私圖，民病於征斂」〔註42〕，復一言以蔽之，則爲政治之腐化耳。

首言流寇。流寇初起，大小首領不下數十百人，其後逐漸歸併，終以李自成、張獻忠勢最強，並峙爲亂。朝廷屢剿無功，海內受其蹂躪，幾無完土。李自成初無遠志，後得李巖爲策士，教以收拾民心進取中原之方，於是攻洛陽，陷開封，據襄陽，復圖取關中以逼京師。時恰崇禎十六年。此際足以與之抗衡者，唯督師孫傳庭，兩軍相遇，其事於梅村筆下，成〈雁門尚書行并序〉一章：

雁門尚書受專征，登壇顧盼三軍驚。
身長八尺左右射，坐上咄吒風雲生。
家居絕塞愛〔註43〕死士，一日費盡千黃金。
讀書致身取將相，關西鼠子方縱橫。
長安城頭揮羽扇，臥甲韜弓不忘戰。
持重能收將士心，沉幾好待兇徒變。
忽傳使者上都來，夜半星馳馬流汗。
覆轍寧堪似往年？催軍還用松山箭。
當書得詔初沉吟，蹶起橫刀忽長歎：「我今不死非英雄，古來得失誰由算？」
椎牛誓眾出潼關，墟落蕭條轉餉難。
六月〔註44〕炎蒸驅萬馬，二崤風雨斷千山。

〔註42〕《清代通史》，蕭一山著，商務印書館，頁270。
〔註43〕《家藏稿》作「受」，據四庫本與三家注本改。
〔註44〕李慈銘云：「案忠靖以七月出師，其敗在九月二十一日，此『六月炎蒸』語非事實。」忠靖謂孫傳庭。《越縵堂讀書簡端記》，李慈銘撰，

雄心慷慨宵飛檄，殺氣憑陵老據鞍。
掃籜謀成頻撫劍，量沙力盡爲傳餐。
尚書戰敗追兵急，退守巖關收潰卒。
此地乘高足萬全，只今天險嗟何及。
蟻聚蜂屯已入城，持矛瞋目呼狂賊。
戰馬嘶鳴失主歸，橫尸撐距無能識。〔註 45〕

時孫傳庭方練兵關中，擬憑巖關爲持久計，奈何朝廷卞急，不顧軍情軍勢，屢檄催戰，不得已，於崇禎十六年九月出師，於是陣亡殉國。催戰之因，則起於秦地士大夫交章譁議。蓋傳庭練兵，召徵關中丁壯、糈糧，秦人以爲苦，秦士大夫遂以催戰手段趨其出關。傳庭出師，以遇雨斷糧而敗，實亦因明廷已失人心，將不奉令，兵不用命也。傳庭既死，潼關陷落，天下大勢已去。

張獻忠之作亂，則蹂藉殺戮，無所不極。先流竄四處，最後於崇禎十七年進謀四川，十一月陷成都，屠戮全蜀，手段之酷，殺伐之慘，亘古所未有。梅村詩形容蜀亂之慘爲「生民爲菹爨，醜類恣啖嚼」、〔註 46〕「積屍峨嵋平，千村惟鬼哭」、「城中十萬戶，白骨滿崖谷」，〔註 47〕其所著《綏寇紀略》卷十亦載：

蜀亂久，城中雜樹皆成拱。狗食人肉，多鋸牙，若猛獸，聚爲寨，利刃不能攻。虎豹形如魑魅饕餮然，穿屋顛、踰重樓而下，搜其人必重傷且斃，即棄去又不盡食也。荒城遺民幾百家，日必報爲虎所暴，有經數十日，而一縣之民俱食盡者。〔註 48〕

張獻忠在蜀屠殺士民，手段之殘狠暴戾，實令人不忍爲言，但觀其亂後景象，亦已不忍卒覩矣。

次及外患。內有流寇縱橫，外則建州擾邊。建州兵自崇禎二年

王利器纂輯，頁 344。
〔註 45〕《家藏稿》，卷十一，頁 5。
〔註 46〕〈哭志衍〉，同前註，卷一，頁 8。
〔註 47〕〈閬州行〉，同前註。
〔註 48〕新興書局，《筆記小說大觀》二十四編，頁 5386。

起，五度繞道深入，逼犯京輔，關內關外均劫掠殘破。崇禎十一年，第三次入犯，下畿輔城四十有八，前大學士孫承宗與督師盧象昇均死之，象昇之死尤悲烈，梅村〈臨江參軍〉敘其事曰：

先是在軍中，我師已孔亟。剽略斬亂兵，掩面對之泣。
我法爲三軍，汝實飢寒極。諸營勢潰亡，羣公意敦逼。
公獨顧而笑：我死則塞責。老母隔山川，無繇寄悽惻。
作書與兒子，無復收吾骨。得歸或相見，且復慰家室。〔註 49〕
別我顧無言，但云到順德。犄角竟無人，親軍惟數百。
是夜所乘馬，嘶鳴氣蕭瑟。椎鼓鼓聲哀，拔刀刀芒澀。
公知爲我故，悲歌壯心溢。當爲諸將軍，揮戈誓深入。
日暮箭鏃盡，左右刀鋋集。帳下勸之走，叱謂吾死國。
官能制萬里，年不及四十。詔下詰死狀，疏成紙爲濕。
引義太激昂，見者憂讒疾。公既先我亡，投跡復奚恤！
大節苟弗明，後世謂吾筆。〔註 50〕

時兵部尚書楊嗣昌主和議，象昇主戰，於是楊嗣昌以關寧重兵盡屬中官高起潛，象昇名督天下兵，實不及二萬。兵單餉缺，將士苦饑。清兵深入，象昇進軍鉅麓南之賈莊禦敵，時高起潛擁重兵相去僅五十里，象昇遣楊廷麟往乞援，竟不應，詩云「犄角竟無人」謂此。於是與清兵大戰，一軍盡亡。而楊嗣昌猶疑之，詔下驗屍，廷麟直筆疏報，竟遭貶謫。權臣逞私，閹宦掣肘，陷良將於死，致國傷民亡，明末朝政之腐敗，於焉可見。

非唯塞內擾攘，邊關亦屢舉烽警。清軍逐年寇邊，疆界迭經蠶食鯨吞，重鎮已然淪陷殆盡。崇禎十四年，清軍再出，欲破寧錦諸城以逼山海關。錦州告急，遼薊經略洪承疇率八總兵，十三萬軍來救。時祖大壽遣卒自錦州逸出，傳語毋浪戰，但以車營逼敵出境爲上。洪承疇亦欲步步立營，以守爲戰。然兵部尚書陳新甲遣張若麒赴軍，密敕趣戰，承疇遂進兵松山，環陣相抗。梅村有〈松山哀〉紀曰：

〔註 49〕《家藏稿》作「世」，據四庫本及三家注本改。
〔註 50〕《家藏稿》，卷一，頁 1～2。

拔劍倚柱悲無端，爲君慷慨歌松山。
盧龍蜿蜒東走欲入海，屹然搘拄當雄關。
連城列障去不息，茲山突兀煙峰攢。
中有壘石之軍盤，白骨撐距凌巑岏。
十三萬兵同日死，渾河流血增奔湍。〔註51〕

是役終亦大敗，先後喪士卒五萬餘，駝馬甲胄礮械數萬計。自杏山南至塔山，死傷狼藉，洪承疇亦遭生擒。第警報達京師，皆謂承疇已死。明思宗驚悼，設壇賜祭達十六次，且將親奠，聞其降乃止。戰陣失利，政事不張，固已極甚，軍報訛誤至此，亦無足怪。

明清最後之交戰，在崇禎十五年冬。清軍第五度入塞，自河北直攻至山東，連陷八十餘城，俘人民近三十萬，劫掠財貨不可勝計，南北驛路，無一可與爲敵者，人力物力摧毀一空。直隸畿輔，幾無完土，北京宛如孤城。吳三桂自山海關出援不利，清兵從容獲人口牲畜而還，明廷自是無力禦清。此即明清交戰最後一役。

外伺強虜，內患寇賊，朝中軍政舉措皆亂，良將重鎮，逐一傷損。此際百姓之生計，亦陷泥塗。先是，萬曆末因建州兵起，加派民賦，曰遼餉。崇禎十年，楊嗣昌任兵部尚書，責剿寇之務，又增賦措餉，曰剿餉。本議一年爲期，然期盡而亂未平，於是續詔徵其半。至十二年，清軍入邊，廷臣請練邊兵，又增練餉之議，此時反并剿餉爲全徵。三餉之目，先後增賦一千六百七十萬，民不聊生，變逃叢生，遂與流寇滙聚，致寇燄益熾。民力既蹙，無以納賦，三餉所徵亦屢不足，於是餉愈措愈窮，寇益剿益盛。逮至潼關既破，李自成定全陝，攻山西，一路無阻，席捲而東，有明之亡已迫在眉睫。

崇禎十七年，李自成僭號西安，國號大順，已而竄山西，逼京輔。梅村〈吳門遇劉雪舫〉敘之云：

長戈指北闕，鼙鼓來西秦。寗武止一戰，各帥皆投兵。
漁陽股肱郡，千里無堅城。嗚呼四海主，此際惟一身。

〔註51〕同前註，卷十一，頁10。

彷彿萬歲山，先后輜軿迎，辛苦十七年，欲訴知何因？

今纔識母面，同去朝諸陵。〔註52〕

自陝西至京師，山西境內，寧武、大同、陽和、宣府、居庸等鎮皆有重兵，然唯寧武總兵周遇吉誓死一戰，其餘皆望風而降，棄甲投兵。寧武戰後，李自成嘗猶疑不敢進，而大同、宣府降表踵至，乃大喜揮兵，長驅東嚮。十七年三月十八日，京城陷。次日昧爽，明思宗登煤山，自縊於壽皇亭。披髮白衣，衣前書有句曰：「皆諸臣誤朕。」〔註53〕

北京陷，吳三桂引清軍入關，明清交替之關鍵在此一舉，吳三桂此番作爲，亦影響吳梅村，而留下傳誦不絕之長篇鉅製——〈圓圓曲〉〔註54〕

北都既亡，南都議立。馬士英與黃得功、劉良佐、劉澤清、高傑等發兵擁福王至。福王昏庸，即位後一任馬士英、阮大鋮等輩把持朝政。一時宿德大臣如呂大器、姜曰廣、劉宗周、高弘圖、徐石麒等斥逐俱盡，史可法亦自請出鎮揚州。南明昏敗諸狀，梅村有詠史詩「讀史雜感十首」〔註55〕可爲見證。

順治二年，即福王弘光元年，清兵南下。史可法殉死揚州，「四鎮」〔註56〕不堪一擊。黃得功一戰而歿，餘三鎮不降即逃。南都遂亡，距立不過一年。其後有唐王即位福州，魯王監國紹興，桂王繼立於肇慶，又有鄭氏海外抗清達二十餘年，然情勢既變，終不足以挽狂瀾，清人遂定鼎中原。

清初政局未穩，官吏貪暴之風極盛，人民遭逢時變，困厄窮愁，

〔註52〕同前註，卷一，頁5。

〔註53〕《崇禎實錄》，卷十七，頁18，中研院史語所校印本明實錄附錄之二。

〔註54〕《家藏稿》，卷三，頁9～10。

〔註55〕四庫本收十首，《家藏稿》多出六首，計十六首。此十六首未必即一時之作，故所詠史事自福王及於唐王，後六首非詠福王事，茲略。

〔註56〕福王立，廷議分江北爲四鎮禦清，劉澤清駐淮北，高傑駐泗水，劉良佐駐臨淮，黃得功駐廬州，是爲「四鎮」。見《清代通史》，蕭一山著，商務印書館，頁294。

再經搜括勒索，益無以爲生。梅村〈蘆洲行〉、〈捉船行〉、〈馬草行〉、〈臨頓兒〉、〈直溪吏〉、〈遇南廂園叟感賦八十韻〉〔註 57〕等作，皆可見生民噩運纏困苦狀。而受害之烈，尤以南方爲甚。蓋因清軍南下時，屢遭頑強抵抗，遂對南人懷憤施虐。先是，順治二年克揚州，即因憤其軍民頑抗，下令屠城。十日之內，死者八十餘萬。薙髮令下，江南民兵又紛起抵抗，南明餘脈亦負隅奮戰，清師始終未能順利克境，於是所過屠戮。嘉定一城連遭三屠，江陰屠殺三日，城內外死者十七萬以上，江南士民罹禍之慘，前所未有。

其後清人兼行高壓懷柔政策，牢籠南北士子。始入關即連歲開科，然於順治十四年却又藉科場興大獄，南士遭株累甚眾。如雲間人陸慶曾、吳縣人孫暘、吳江人吳兆騫，均慘遭流放東北。順治十八年復有奏銷案，蘇、松、常、鎮四屬官紳士子，革黜至數千人，鞭朴紛紛，衣冠掃地，梅村亦於此時削籍。凡此南人之禍，皆令梅村不能心無所感。〈悲歌贈吳季子〉、〈吾谷行〉〔註 58〕等詩中，可見其情之痛。而在異族高壓鐵蹄之下，爲求遠禍全身，亦使梅村詩作於哀鬱沉痛之中，又紆迴曲折，隱晦其辭，以期免於「詩禍、史禍」〔註 59〕。敘清廷朝事之詩，遂多迷離恍惚，〈清涼山讚佛詩四首〉〔註 60〕即其例。

總括而言，生民逢此興替更變，既遭明季腐敗末政，復歷連年戰伐殺戮，又罹清初未安政局，困厄不斷，如入鼎沸。梅村或親歷身受，或目睹耳聞，所見所感，一發之於時，於是成就不朽名篇。其詩之寄託良苦，實時代有以致之。嘗自謂「後世讀吾詩而知吾心，則吾不死矣。」〔註 61〕揆諸所作，除上引各詩外，又如〈蕭史青門曲〉、〈永和

〔註 57〕六詩依次見於《家藏稿》，卷三，頁 11；頁 12；頁 12；卷九，頁 10；頁 11；卷一，頁 9～10。

〔註 58〕二詩見《家藏稿》，卷十，頁 4～5。

〔註 59〕〈與子暻疏〉，《家藏稿》，卷五七，頁 5。

〔註 60〕《家藏稿》，卷九，頁 5～7。

〔註 61〕〈吳梅村先生墓表〉，陳廷敬撰，靳覽本附。

宮詞〉、〈琵琶行并序〉、〈臨淮老妓行〉、〈堇山兒〉〔註 62〕，或敘故明滄桑，或寫戰亂流離，一代時事，搜羅殆徧。時代環境予梅村之影響，的爲至鉅且深。然而，設若無明替清興之環境刺激，則梅村興寄深遠之敘事詩，恐亦無從出，是梅村之辛苦遭逢，沉鬱終生，不知果爲幸耶？抑不幸耶？

第三節　吳梅村敘事詩寫作因緣

「因緣」二字乃借用佛家語，藉以指稱孕育文學現象產生之種種主因助緣，如文學傳統與存在環境等因素。〔註 63〕夫文學作品之創造，固起於作家寫作動機，而寫作動機之產生，則須訴諸文學傳統與外在環境之觸發與刺激。此中，作家個人之心性、才學，又影響作品之型態與風格。因緣相關，實錯綜複雜，難以周悉。唯研析創作因緣，可助吾人了解作家寫作動機與背景，從而把握詩中旨涵，故乃爲探討原作之前不可或缺之工夫。

吳梅村敘事詩之寫作因緣，自文學源流觀，有敘事詩傳統之承繼；自存在環境論，有時代動亂之刺激；自作家心跡、學養言，有志在以詩存史與史學學養等四大因素。其中時代變亂，提供敘事詩寫作之題材，並刺激其以詩存史之志，此存在環境之影響也。前節已然論及，茲不贅述，以下但就文學源流與夫作家之心跡、學養而論之。

一、敘事詩傳統之承繼

敘事詩體之雛型，最早可溯至《詩經・大雅》〈生民〉、〈公劉〉等周民族開國史詩與〈衛風・氓〉等篇，然純粹而成熟之敘事詩，則須待五言詩成立方始出現。號稱我國敘事詩雙璧之〈悲憤詩〉與〈孔雀東南飛〉，成於建安年間，至於漢代樂府〈上山採蘼蕪〉、〈婦

〔註 62〕五詩依次見《家藏稿》，卷三，頁 8；頁 1；頁 2；卷十一，頁 2；卷三，頁 12。

〔註 63〕參〈六朝詠懷組詩研究〉，李正治撰，師大國研所六十九年碩士論文。

病行〉等短篇敘事詩，乃其前驅。此一自《詩經》、漢魏樂府而下之敘事詩源流，於吳梅村敘事詩中，可見其影響之轍跡。程穆衡、靳榮藩箋注吳詩，均曾指出此點。〈堇山兒〉〔註 64〕靳注云：

此首全仿古樂府，而得其神似。〔註 65〕

〈雁門尚書行并序〉程箋云：

題擬「雁門太守行」。〔註 66〕

吳梅村敘事詩有古樂府之風，即其詩題，亦多仿樂府。「雁門太守行」即古樂府題也，其他仿樂府而以「行」命篇者，復不待枚舉。唯此處泛言樂府，尚未具體指出敘事詩源流所在，而如〈堇山兒〉、〈臨頓兒〉所寫，皆民生疾苦事件，用語樸質淺白，無論內容、風格，皆有承襲敘事性樂府詩，如〈東門行〉、〈婦病行〉等血脈之跡象，而大異於樂府民歌中其他抒情之篇。故靳榮藩於〈礬清湖并序〉後跋，乃以之與民歌中敘事名篇相提並論：

焦仲卿詩一千七百四十五字，而終之以「多謝後世人，戒之愼勿忘」，以淡語作結，彌覺情景杳然無盡。此詩……結一段與焦仲卿詩同稱逸品矣。〔註 67〕

與〈孔雀東南飛〉（原題「古詩爲焦仲卿妻作」）並舉，雖未明言兩作敘事性質之相關，然已隱然察識敘事之有別於他類，故舉而並論焉。

漢魏以下，詩體經長期醞釀，至唐而輝煌爭耀。尤其天寶之亂，乃唐代興衰、社會變動之轉捩點，復提供敘事詩以豐富寫作題材。此際，詩人把握敘事體裁，反映社會現象，遂再創敘事詩寫作之高潮。其中成就較著者，首推杜甫、白居易。吳梅村受二人影響，亦特爲深鉅。前人指述多矣，若張如哉謂其可追配少陵，有〈論詩〉一首云：

少陵詩格獨稱尊，風雅親裁大義存。

〔註 64〕以下本論文所引吳梅村敘事詩作品，出處俱見第一章第二節。
〔註 65〕靳覽本，卷五下，頁 15。
〔註 66〕程箋本，卷一，頁 7。
〔註 67〕靳覽本，卷二下，頁 14。

> 繼起何人堪鼎峙？前爲元老後梅村。〔註68〕

程穆衡〈婁東耆舊傳〉亦謂梅村詩指事傳辭，興亡具備，乃遠蹤少陵。二人皆意謂梅村把握時代變亂爲題材，藉詩體反映社會現象之作風，與杜甫相類。

梅村乃有意學杜，由其實際詩作，可得明證。如〈畫蘭曲〉靳榮藩注引張如哉曰：

> 杜詩「三月三日天氣新，長安水邊多麗人。」此詩結處全用〈麗人行〉語「含愼莫近前」意。〔註69〕

又〈蘆洲行〉靳榮藩跋云：

> 〈蘆洲行〉〈捉船〉〈馬草行〉，可仿杜陵「三吏三別」矣。杜句中如「有吏夜捉人」「肥男有母送，瘦男獨伶俜」，俗字里語，都入陶冶。而此詩如「賠累」「需索」「解頭」「使用」等字，〈捉船行〉「買脫」「曉事」「常行」「另派」等字，〈馬草行〉「解户」「公攤」「苦差」「除頭」等字，皆係詩中創見，蓋梅村有意學杜故也。〔註70〕

則杜甫之於吳梅村，影響可謂深矣。

白居易之影響，較杜甫乃有過之而無不及。袁枚〈倣元遺山論詩三十八首〉其二，即以吳梅村比美白居易：

> 生逢天寶亂離年，妙詠香山長慶篇。
> 就使吳兒心木石，也應一讀一纏綿。〔註71〕

靳榮藩亦謂梅村「七古佳篇，可參長慶一席。」〔註72〕查爲仁《蓮坡詩話》亦云：

> 梅村最工歌行，若〈永和宮詞〉〈蕭史青門曲〉〈圓圓曲〉等篇，皆可方駕元、白。〔註73〕

〔註68〕《吳詩談藪》「拾遺」頁1引，靳覽本附。「元老」謂元遺山。
〔註69〕靳覽本，卷五上，頁10。
〔註70〕同前註，頁13。
〔註71〕《小倉山房詩集》，卷二七，頁5，廣文書局。
〔註72〕靳覽本，卷一，頁1。
〔註73〕《清詩話》，明倫書局，頁477。

「元」謂元稹。元稹有〈連昌宮詞〉一篇，亦長篇敘事之佳作。〈永和宮詞〉題下，靳注即明指「兼仿〈連昌宮詞〉之題樣也」〔註 74〕。「白」即白居易。白居易敘事名篇，如〈琵琶行〉〈長恨歌〉等，無論詩題、內容、章法、用辭、格律，均爲梅村習仿對象。日人竹村則行嘗撰文比較白、吳二人〈琵琶行〉同異之處，自命題、辭句，至於內容情感、意識型態等，論析周密，茲不贅述，姑舉用辭數例以觀〔註 75〕：

白居易〈琵琶行〉	吳梅村〈琵琶行并序〉
（序文）因爲長句，歌以贈之。凡六百一十二言，命曰〈琵琶行〉。	（序）於是作長句，紀其事。凡六百二言，仍命之曰〈琵琶行〉
（詩第六句）別時茫茫江浸月。	（詩第二六句）其時月黑花茫茫。
（詩第二一句）輕攏慢撚抹復挑。	（詩第四三、四四句）却在輕攏慢撚中，斜抹輕挑中一摘。

命題相同，句數相近，用辭亦每多模仿化用，梅村序文謂「『仍』命之曰〈琵琶行〉」，言下之意，明指因仍前賢——白居易之〈琵琶行〉而來。詩內亦屢以白居易作〈琵琶行〉與己之作〈琵琶行〉對照比較〔註 76〕。其有意承襲白氏，不容置疑。

再者，〈清涼山讚佛詩四首〉其三靳注云：

> 此首歸入清涼山，可抵〈長恨歌〉「忽聞海外有三山」以下半篇矣。〔註 77〕

又於「寄語漢皇帝」一句下按曰：

> 前曰漢主〔註 78〕，此云漢皇帝，後云漢皇〔註 79〕，皆本〈長

〔註 74〕靳覽本，卷四上，頁 11。

〔註 75〕〈吳偉業「琵琶行」における白居易「琵琶行」の受容〉，竹村則行撰，《中國文學論集》第十號，頁 146～177，日本九州大學中國文學會發行。

〔註 76〕可參本論文第四章第一節。

〔註 77〕靳覽本，卷三上，頁 3。案：白居易〈長恨歌〉句爲：「忽聞海上有仙山」，靳注恐一時誤引。

〔註 78〕見其一：「漢主坐法宮，一見光徘徊。」

〔註 79〕見其四：「漢皇好神仙，妻子思脫屣。」

恨歌〉「漢皇重色思傾國」也。〔註80〕

〈清涼山讚佛詩四首〉確仿〈長恨歌〉，通篇以漢皇為隱喻。又程會昌亦以為吳梅村〈圓圓曲〉安章之法出於白氏〈長恨歌〉：

蓋〈圓圓曲〉之前出采蓮人，即〈長恨歌〉之前出漢皇也；〈圓圓曲〉之後出伎師女伴云云，即〈長恨歌〉之後出道士太眞云云也。〔註81〕

綜上所述，梅村受白氏影響之深，不待累言矣。

吳梅村有意承繼前人敘事詩傳統，使敘事詩體又見發揚。敘事詩源流，自濫觴於《詩經》，成熟於漢魏，再興於唐朝，逮至吳梅村，又放一恢廓開展之異采！

二、史學學養

顧湄〈行狀〉嘗云：

先生之學，博極羣書，歸於至精。有問經史疑難、古今典故，與夫著作原委，旁引曲證，洞若指掌，多先儒之所未發。〔註82〕

《清史稿》本傳亦云：

偉業學問博贍，或從質經史疑義，及朝章國故，無不洞悉原委。〔註83〕

可見梅村不僅為文采風發之詩人，其學養贍富，飽識經史，亦人所稱道。鄭方坤〈梅村詩鈔小傳〉謂：

（吳偉業）少負絕人姿，過目成誦。凡經史百家、稗官小說、山經地志、釋典道藏以及酉陽之典、羽陵之蠹、珠囊玉笈之遺，赤文綠字、金匱石室之秘，自十五、六歲時，即已原原本本，兼綜共貫。〔註84〕

〔註80〕靳覽本，卷三上，頁4。

〔註81〕見〈書吳梅村圓圓曲後〉，程會昌撰，《國文月刊》，第四十五期。

〔註82〕《碑傳集》，錢儀吉纂，卷四三，頁19，光緒十九年江蘇書局校刊本。

〔註83〕《清史稿》，卷四八四，鼎文書局，頁13326。

〔註84〕《清朝詩人小傳》，卷一，廣文書局，頁15。

雖爲美辭，亦當非虛語。

吳梅村學養富贍，而尤好史籍，熟習掌故。《太倉州志》云：

> 偉業幼有異質，篤好史、漢。〔註85〕

趙翼《甌北詩話》卷九曰：

> 梅村熟於兩《漢》、《三國》及《晉書》、《南北史》。〔註86〕

顧湄〈行狀〉亦云：

> 時經生家崇尚俗學，先生獨好三史。〔註87〕

皆可知梅村雖以詩人名世，然篤好史學，且當自有一番造詣，《梅村家藏稿》〈吳六益詩序〉云：

> 余留京師三年，四方之士，以詩文相質問者無慮以十數，其間得二人焉。於史則談孺木，於詩則吾家六益而已。……余嘗念身名頹落，惟讀書一事，未嘗少懈，思得乞身還山，偕孺木鍵户讀史。〔註88〕

談遷《北游錄》則載：

> （順治十一年，二月）甲申，仍訪吳太史，語移時。晚招飲，以《國榷》近本就正，多所裁訂，各有聞相證也。太史不善飲，余頗酣。〔註89〕

吳太史即梅村，時赴清召在京。《國榷》爲談遷所著，計一百卷，紀有明一代之史。今《明史》屢引其書，以爲校勘依據。〔註90〕談遷以所著《國榷》一書，與吳梅村商討，足見梅村之史學學養。且梅村亦有史學著作傳世，如《綏寇紀略》十二卷〔註91〕，紀故明流寇始末。

〔註85〕《太倉州志》，卷二十，據民國王祖畬等纂民國8年刊本影印，中國文獻學會印行。

〔註86〕本鐸出版社，頁134。

〔註87〕《碑傳集》，錢儀吉纂，卷四三，頁18，光緒十九年江蘇書局校刊本。

〔註88〕《家藏稿》，卷三十，頁3。

〔註89〕〈紀郵上〉，《國榷》附，鼎文書局，頁54～55。

〔註90〕見《明史》附〈校勘記〉，鼎文書局。又案：《國榷》原一百卷，今鼎文書局印行本則作一〇四卷，乃張宗祥據蔣氏衍芬草堂抄本與四明盧氏抱經樓藏鈔本互校重分。

〔註91〕參《四庫全書總目提要》，卷四九，商務印書館，第二冊，頁106。

又如《春秋地理志》、《春秋氏族志》二書，惜未刊傳。

具有史學學養，熟習史籍掌故，一則影響詩文創作，予其用典隸事之資。趙翼即云：

> 梅村熟於兩《漢》、《三國》及《晉書》、《南北史》，故所用皆典雅，不比後人獵取稗官叢說，以炫新奇者也。〔註 92〕

一則涵育其歷史意識，使於傳統文化，有不容自已之使命感。迨經明亡之變，異族入主，益激發其民族意識，而思以所長之詩筆，紀存故國之史也。

三、以詩存史

梅村素有「詩史」之譽，其敘事詩所述，絕大部分皆明末興亡鼎革之際，關涉國運祚脈之實人眞事。敘事長篇外，復有詠史之詩，則隱約其辭，旨幽興微。以其寄託遙深，故讀者每難抉其堂奧。程穆衡〈吳梅村編年詩箋序〉云：

> 註詩之難，先哲言之備矣。而余以爲莫難於註梅村先生之詩，何則？先生當故明末造，實切旰衡。慨蒼鷹之枋國，致青犢之彌天。乃至鼇墜三山，龍飛九服。事關兩姓之間，語以微文爲主，而復雅擅麗才，錘鑪今古，組織風雲。指事則情遙，徵辭則境隱。自非心會微旨，無以罄諸語言。其所爲難，斯其一也。昭代鼎新，十夫民獻，信史未頒，實棼野乘。非旁搜鑿齒之編，親接茂先之論，茫如瀕海，昧比面牆。幾何不使一代丹書，混彼淄澠；千年碧血，蕩爲墟莽也乎？其所爲難，二也。且夫北都有普天括髮之悲，南朝亦千古傷心之地。侯王既陵廟邱墟，朋舊盡星霜凋替。而乃援古貌今，移形即景。作者實愴不言之神，讀者當按難尋之跡。其所爲難，三也。況言乎入洛，非覬崇榮；溯彼留周，最關蕭瑟。情源秀逸，自難已於兼綜；思業高奇，或偶形諸短詠。既抑揚之非體，又新故之罕兼。乃荒朝不見於令伯之文，則十空

坊間有新興書局《筆記小說大觀》等印行本。

〔註 92〕《甌北詩話》，趙翼著，卷九，木鐸出版社，頁 134。

當會諸所南之史。其所爲難，抑又四也。〔註93〕

夫其詩意之隱晦，實緣於用心之幽微。梅村遭逢世變，復苟全於異族文字高壓之下，欲以勝朝遺老之身，秉五采斑爛之詩筆，紀留故國之史，遂不得不惝怳其辭，以全身免禍。敘事詩所述，特詳於明亡之史，排比興亡，搜揚掌故，誠具一番苦心。

談遷《北游錄》有云：

（順治十一年，三月）戊申，過吳太史所。值金壇王有三選部重，追語江左舊事，不勝遺恨。

（四月）丁丑，……是日，吳太史借舊邸報若干邀閱，悉攜以歸。

乙酉，……還過吳駿公太史，極論舊事。

戊子，早過吳太史，多異聞，別有紀。〔註94〕

由《北游錄》記載以窺，梅村在京期間，似頗有心於搜羅亡明遺聞軼實。其時前朝未遠，故舊父老，耳聞口傳者，於其詩作，當亦提供不少素材。〈蕭史青門曲〉即作於此際〔註95〕，而程箋曰：

按《明史》公主傳但云：「寧德公主，光宗女，下嫁劉有福。」無薨卒月日，亦無事實。意有福當變國後，必有不可問者，故削而不書，此詩眞堪補史。〔註96〕

梅村以詩存史之志及其表現，此即爲具證。余慰祖《嘉定詩鈔》有〈吳梅村墓〉詩曰：

古松離立蔭佳城，祭酒荒阡落日晴。

兩代詩名元好問，畢生心事沈初明。

留身豈爲前朝史？綏寇彌傷勝國兵。

蔓草寒烟餘悵怏，玉京道壠亦榛荊。〔註97〕

〔註93〕〈吳梅村先生編年詩箋序〉，程箋本附。

〔註94〕〈紀郵上〉，《國榷》附，鼎文書局，頁80、82、83。

〔註95〕同前註，頁54。

〔註96〕程箋本，卷七，十一。

〔註97〕〈關於吳梅村〉引，《吳梅村（偉業）年譜》附錄，馬導源編，文海出版社《近代中國史料叢刊》第九十五輯。

「留身豈爲前朝史」一句，可謂一語中的，道盡吳梅村以詩作史之心事！明其存史之心跡，乃知其敘事詩何以專寫有明興亡之人物事件，且人確事鑿，歷歷可指。而梅村所謂「後世讀吾詩而知吾心」者〔註 98〕，其幽隱之心，亦由是可以揭知。

〔註 98〕 見陳廷敬所撰〈墓表〉，靳覽本附。

第三章　吳梅村敘事詩之內涵（一）——題材

吳梅村敘事詩幾皆取材於明末清初之實人實事，自崇禎年間至國變以後，或敘明社存亡大事，或寫生民動盪遭遇，或訴官吏敗行，或述個人事蹟，要皆具體寫實，無神幻虛構故事。雖〈清涼山讚佛詩四首〉，縹緲撲朔，詞隱意晦，若考其中人物之身分，則亦必帝王后妃事無疑，後文將有專節考辨〔註1〕，茲不贅述。敘事詩既以人物、事件為兩大題材，下文即析為二節而論述之，以助吾人瞭解吳梅村敘事詩之內涵。

第一節　人　物

敘事詩乃以事件為寫作對象，而人物，恒為事件之主宰。蓋事件之發生進行，實繫於人物之行動，且行動參與之狀況有別，為表現主題計，於敘事過程中，人物必有地位輕重之差異。故本節擬先探討吳梅村敘事詩中人物之角色類型，次及其身分。

一、角色類型

吳梅村之敘事詩，大部分皆有一中心人物為敘述主體，該篇所

〔註1〕參本論文第六章第一節。

述，即此中心人物之事蹟。試覽詩目，逕依人物命題者有：

〈思陵長公主輓詩〉	〈雁門尚書行并序〉
〈哭志衍〉	〈贈家侍御雪航〉
〈送周子俶四首〉	〈王郎曲〉
〈臨江參軍〉	〈圓圓曲〉
〈楚兩生行并序〉	〈蕈山兒〉
〈臨頓兒〉	〈吳門遇劉雪舫〉
〈聽女道士卞玉京彈琴歌〉	〈臨淮老妓行〉
〈遇南廂園叟感賦八十韻〉	〈送何省齋〉
〈直溪吏〉	〈蕭史青門曲〉

計十八首，幾占梅村敘事詩作之半。此中至少可窺得如下訊息，即敘事詩內，人物實居舉足輕重之地位。

（一）主要人物

上述〈思陵長公主輓詩〉至〈臨頓兒〉十一首作品，題面人物即詩中敘述主角。其中〈思陵長公主輓詩〉至〈圓圓曲〉八首，題面爲單一人物，易言之，即具有單一主要人物。如〈思陵長公主輓詩〉敘述主角即長平公主。〈雁門尚書行并序〉即督師孫傳庭。以孫傳庭籍代州，舊屬雁門郡，又官至兵部尚書，因稱之爲雁門尚書。〈臨江參軍〉則謂楊廷麟，臨江人，以直言貶官參軍，詩敘其任參軍時事，故以爲題。「志衍」乃吳繼善，字志衍，梅村好友，詩爲志衍一生傳記，並悼其罹蜀難而亡。亦有題面人物爲兩人而共爲主角者，若〈楚兩生行并序〉，兼敘蘇崑生與柳敬亭，兩人籍貫所在，舊皆楚地。另有〈東萊行〉，亦并言姜埰、姜垓兄弟，爲山東萊陽人。又有一情形，如〈蕈山兒〉、〈臨頓兒〉，敘述主角雖未名姓，亦均特定爲該地之民。而冠以地名，實有以其人代表其地之意，此一人遭遇，實該地眾多百姓遭遇之取樣。凡此，事件進行均繫於人物之上，人物行動乃故事敘述之張本。敘事詩中人物之重要性，可以得知。

除前述三種情形外，亦有部分作品以一組人爲共同主角，而其人所以成組，乃因具共同身分，或有相類際遇。例〈吳門遇劉雪舫〉，旨敘外戚興亡，而新樂侯劉文炳一家，包括劉文燿、劉文炤（即雪舫），以及駙馬都尉萬煒、武清侯李偉、博平侯郭維城、惠安伯張慶臻，乃至駙馬都尉鞏永固、英國公張世澤、襄城伯李國楨等，均一併帶出，唯著筆有詳有略，有正敘有附敘。然能組織十數人於一詩之中，自是梅村才力有餘，方能控馭自如。〈蕭史青門曲〉敘明末三代公主及駙馬事，其中雖以寧德公主爲主線，而大長公主榮昌，長公主寧德與駙馬劉有福、樂安與駙馬鞏永固，暨長平公主與周世顯，實皆可謂共同主角〔註2〕，以上數人，皆貴主、駙馬，身分相同，故合於一詩而並敘。〈蘆洲行〉、〈馬草行〉敘一羣無名百姓之遭遇，〈捉船行〉、〈打冰詞〉、〈再觀打冰詞〉敘一羣船夫所歷事件，其中主角人物亦皆非一人，此等則因遭遇同近而成組。

（二）媒介人物

至於前列〈吳門遇劉雪舫〉至〈遇南廂園叟感賦八十韻〉四作，劉雪舫、卞玉京、冬兒、南廂園叟等人，在詩篇內擔任故事敘述者，經由其人傳述事件內容，亦即彼等乃報導事件之媒介人物。〈吳門遇劉雪舫〉云：「忽然笑語合，與我談生平」，〈臨淮老妓行〉云：「纔轉輕喉便淚流，尊前訴出漂零苦」，〈遇南廂園叟感賦八十韻〉云：「從頭訴兵火，眼見尤悲愴」，皆以其人口述爲媒介，而推展故事，此類詩中角色，謂之媒介人物。

（三）參與人物

除主角人物與媒介人物外，尚有一類角色，雖非主要人物，但

〔註2〕三家注本分謂詩爲寧德公主或駙馬劉有福作，此從馬鈴娜說。參〈略談吳梅村的七言古詩及其「蕭史青門曲」〉，《文學遺產》增刊十一輯，頁125。

曾共同參與事件之發展，且因其行動，而激發、推進或改變主要人物之行動，使主要人物行動或主要事件得以發生或繼續進行。如〈圓圓曲〉中吳三桂之於陳圓圓，〈臨江參軍〉中盧象昇之於楊廷麟，與〈清涼山讚佛詩四首〉中董鄂妃之於清世祖。〈圓圓曲〉中陳、吳相遇，分離，重逢之經過，固皆二人共同參與，即陳圓圓一生傳奇故事之由來，亦實吳三桂「衝冠一怒」〔註 3〕所促就。楊廷麟參贊盧象昇軍事，因盧象昇遣出乞援而免於陣亡〔註 4〕，象昇死後，復因上疏直陳象昇死狀而遭貶謫。清世祖與董鄂妃曾恩愛逾恒，然不幸董妃驟薨。凡此，參與人物皆影響主要人物之行動，而推進故事之發展。再如〈永和宮詞〉，田貴妃自被黜至於復召，有明思宗與周皇后共與其事。〈閬州行〉楊繼生，先別妻尋父，後迎妻重聚，其父楊芳與其妻劉氏皆爲參與人物。他如〈直溪吏〉、〈蘆洲行〉、〈馬草行〉、〈捉船行〉、〈打冰詞〉、〈再觀打冰詞〉等詩中，百姓與官吏，亦皆主要人物與參與人物之關係。設若無此參與人物，詩中事件之進行將可能改變，甚或中斷、無從產生。此等人物之重要性，在事件而言，實不亞於主要人物，特詩中敘述之主體在彼不在此，以故角色輕重主從爲別，乃有此二類型之差異。

（四）烘襯人物

又有一類人物，出現於事件中實並未影響主體行動與故事推衍，但因與主要人物有相同、相似或相反遭遇，可令敘述意象更爲突出顯明，具有烘染襯托作用，姑稱此爲烘襯人物。如〈送何省齋〉，實吳梅村自爲主角，而處處以何省齋行跡爲己反襯，所謂「遜子十倍才，焉能一官棄」「少壯今逍遙，老大偏濡滯」等均是。於是一己身世顛沛，世故牽挽之無奈形象，躍然紙上。又如〈堇山兒〉，敘少兒流離歸來後，「旁有一老翁，羨兒獨來歸」，由老翁之羨慕，於表

〔註 3〕〈圓圓曲〉有云：「衝冠一怒爲紅顏」。

〔註 4〕《梅村詩話》：「盧自謂必死，顧參軍書生，徒死無益，乃以計檄之去。」《家藏稿》，卷五八，頁 2。

層幸此兒生還，裏層則更由反面襯托，凸顯生民動盪流離之整體形象。再如〈吳門遇劉雪舫〉，藉周奎與田宏遇之纖微鄙瑣與輕俠縱橫，反襯新樂侯家之謹愼而受帝恩顧。甲申國變，又藉鞏永固、張世澤殉國從難，與李國楨偷生降賊，分作正襯與反照，烘托新樂侯一家死殉之舉。烘襯人物之安排，一方面基於文學藝術效果，俾主體形象鮮明凸顯。一方面讀者亦同時獲知該人物事蹟，助益敘事詩之表達本意，有錦上添花之妙。

以上所述，大致已含括吳梅村敘事詩內人物之主要類型。此外如〈吳門遇劉雪舫〉，孝純劉太后以穿針引線作用，帶出外戚新樂侯一家與崇禎皇帝之事蹟。甲申之變，崇禎帝自縊於煤山，吳梅村寫其事，曰：「彷彿萬歲山，先后輜軿迎」，仍依劉太后著筆。又如〈哭志衍〉，於志衍死後，續述其弟事衍自蜀徒跣逃歸，報志衍死狀事。〈雁門尚書行并序〉於孫傳庭死後，敘長子世瑞入秦尋幼弟及其母遺體事。此中世瑞與事衍二人，彷佛事件餘波之主角。而〈思陵長公主輓詩〉敘長平公主一生始末，帶敘崇禎帝、后，及太子、永王、定王等人之事，又夾進多位人物。至此，可知人物類型實紛繁龐雜，有時，一人且任雙重角色。如〈吳門遇劉雪舫〉，雪舫兼任主角與媒介人物。經綜合歸納，雖得主角人物、媒介人物、參與人物、烘襯人物等四種主要類型，誠不足以盡括吳梅村敘事詩中人物之所有型態，唯舉其中犖犖大觀者，提綱挈領，可俾吾人研讀詩作時得一敘述脈絡之參考。

既知重要角色類型，吾人可進一步了解此中人物身分，與梅村選取此等人物爲題材之意義。縱觀其人物身分，依政治階層而言，上自帝王，下至平民，無不包括。姑據上述角色類型，試擬吳梅村敘事詩三十八首重要人物表如下，表內並依主要人物之身分略作順序歸類。

吳梅村敘事詩重要人物表

詩　題	主要人物	參與人物	烘襯人物	媒介人物	其　他
一、皇族貴戚					
〈琵琶行〉并序	明思宗			白彧如 姚中常侍 吳梅村	
雒陽行	福王常洵	明神宗 鄭貴妃		白頭宮監	明思宗 福王由崧
銀泉山	鄭貴妃	「西李」唐妃 「東李」莊妃			
永和宮詞	田貴妃	明思宗 周皇后 悼靈王	田宏遇		永　王
聽女道士卞玉京彈琴歌	弘光選后徐氏		卞玉京	卞玉京	
蕭史青門曲	榮昌公主、寧德公主與劉有福、樂安公主與鞏永固、長平公主與周世顯			周世顯〔註5〕	
思陵長公主輓詩	長平公主				明思宗、周皇后、太子慈烺、永王、定王
吳門遇劉雪舫	劉文耀、劉文炳、劉文炤、萬煒、李偉、郭維城、張慶臻		周奎、田宏遇、鞏永固、張世澤、李國楨	劉文炤（雪舫）	孝純劉太后、明思宗
清涼山讚佛詩四首	清世祖	董鄂妃			

〔註 5〕〈蕭史青門曲〉起云：「蕭史青門望明月」，詩中又謂長平公主：「俄驚秦女遽登仙」。蕭史，秦穆公時人，娶秦穆公女弄玉爲妻。「秦女」謂長平公主，則「蕭史」即謂駙馬周世顯。一典分用兩處，對照以觀，便可得知。參〈略談吳梅村的七言古詩及其「蕭史青門曲」〉，馬鈴娜，《文學遺產》增刊十一輯，頁125。

二、重臣大將					
臨江參軍	楊廷麟	盧象昇		吳梅村	
松山哀	洪承疇 中原百姓				
雁門尚書行并序	孫傳庭		一妻六妾、幼子、喬元柱		孫世瑞
臨淮老妓行	劉澤清〔註 6〕	冬　兒		冬　兒	
三、一般仕宦者					
殿上行	黃道周〔註 7〕				
後東皋草堂歌	瞿式耜				瞿嵩錫
鴛湖曲	吳昌時				
東萊行	姜埰、姜垓				宋玫、左懋第、左懋泰
哭志衍	吳繼善		吳梅村		吳述善
閬州行	楊繼生	楊　芳 劉　氏		吳梅村	
避亂六首	吳梅村				
礬清湖并序	吳梅村	吳青房兄弟			
送何省齋	吳梅村		何　采		
贈家侍御雪航	吳　達				
送周子俶	周　肇				
茸城行	馬逢知				

〔註 6〕〈臨淮老妓行〉起四句云：「臨淮將軍擅開府，不鬥身強鬥歌舞。白骨何如棄戰場？青娥已自成灰土。」已點明主題所在，詩亦敘劉澤清始末事蹟爲旨。三家注本與陳維崧《婦人集》（頁 2，藝文印書館《百部叢書集成》）、徐釚《本事詩》（卷八，頁 6，《邵武徐氏叢書》第二集）均謂爲東平侯妓冬兒作，實仍以東平侯劉澤清爲主角。

〔註 7〕程箋本謂此詩紀楊士聰事，靳榮藩考辨謂此詩爲黃道周作，從靳說。見靳覽本〈殿上行〉注。

四、歌伶名伎					
圓圓曲	陳圓圓	吳三桂			
王郎曲	王紫稼				
楚兩生行并序	蘇崑生、柳敬亭	左良玉			
畫蘭曲	卞敏〔註 8〕				
臨頓兒	臨頓一少年				
五、平民百姓					
遇南廂園叟感賦八十韻	吳梅村 金陵百姓			南廂園叟	
〈堇山兒〉	堇山一少年		老翁之兒		
直溪吏	直溪一老翁	官　吏			
蘆洲行	江南百姓	官　吏			
馬草行	江南百姓	官　吏			
捉船行	船　夫	官　吏			
打冰詞	船　夫	官　吏			
再觀打冰詞	船　夫	官　吏			

二、人物身分

據上表所列，大致可將所有人物之身分分爲五類：一爲皇族貴戚，二爲身繫國運之重臣大將，三爲一般仕宦者，四爲歌伶名伎，五爲平民百姓。以下茲就五類人物身分，一一分述。

（一）皇族貴戚

上表自〈琵琶行并序〉至〈清涼山讚佛詩四首〉等九首，人物均屬皇族貴戚，而除〈清涼山讚佛詩四首〉一篇外，皆明末之皇族貴戚，且於崇楨一朝皇貴，所敘尤詳。如有關明思宗其人之敘述，見於〈琵琶行并序〉、〈永和宮詞〉、〈雒陽行〉、〈思陵長公主輓詩〉與〈吳門遇

〔註 8〕 或謂此詩所詠即卞玉京，唯據靳榮藩考，仍以卞敏爲是。程穆衡亦謂：「爲卞玉京妹卞敏作也」。見程箋本與靳覽本〈畫蘭曲〉注。

劉雪舫〉諸篇，又〈蕭史青門曲〉中所云「正值官家從代來」「憂及四方宵旰甚」者，實亦點及。所占分量不可謂不重。思宗之后妃子女，如周皇后、田貴妃同見於〈永和宮詞〉，周皇后又見於〈思陵長公主輓詩〉，太子慈烺、永王、定王同見於〈思陵長公主輓詩〉，永王、悼靈王又見於〈永和宮詞〉，長平公主見於〈思陵長公主輓詩〉與〈蕭史青門曲〉。若〈雒陽行〉之福王由崧，〈蕭史青門曲〉之大長公主榮昌、長公主樂安、寧德，則爲思宗之叔、姑與姊妹。至諸外戚，則可於〈吳門遇劉雪舫〉、〈蕭史青門曲〉中見之。〈思陵長公主輓詩〉與〈永和宮詞〉內亦述及周奎、田宏遇二戚。於是崇禎帝一家骨肉、親戚，幾觀縷畢陳，網羅殆遍。何以獨委曲詳盡若是？蓋崇禎帝實代表明社廟鼎之存亡安危，其一家之盛衰存歿，即有明社稷盛衰存歿之表徵。外戚興亡，蓋猶帝王家之興亡；而帝王家之興亡，亦猶社稷之興亡。故敘明思宗一朝皇族戚貴，實即表述明末鼎革之史也。

靳榮藩注梅村詩，已注意及人物身分之分布現象，〈思陵長公主輓詩〉後跋云：

> 梅村於故明亡國之際，可備詩史。如遇劉雪舫之敘瀛國夫人，〈永和宮詞〉之敘周后、田妃，〈蕭史青門曲〉之敘榮昌、寧德、樂安、長平公主。至慈烺，則僅於長平輓詩中帶敘「割慈全國體」十句而已。〈蕭史青門曲〉雖有「抱來太子輒呼名」之句，義不繫於慈烺。未嘗爲慈烺命篇也。夫福王有〈雒陽行〉，鄭妃有〈銀泉山〉，何獨於慈烺從略？蓋《明史》有闖賊挾太子、二王西奔之語，而僞太子之獄，江南迄爲疑案。梅村當本朝定鼎初年，於慈烺必有不敢斥言者，故絕不咏及，令讀者歎息於文字之表，是尤詩家之化境也。〔註9〕

可見梅村確有意於紀存明亡之史。

他若鄭貴妃與福王常洵，乃明神宗朝建儲議〔註10〕與梃擊案

〔註9〕靳覽本，卷十六，頁13。
〔註10〕明神宗寵鄭貴妃，兼愛其子常洵，久不立太子，羣臣疑慮，爭以爲

〔註11〕之關鍵人物，啓萬曆國嗣之爭議，敗壞朝政，而間接趣促明亡者。〈聽女道士卞玉京彈琴歌〉之徐氏，爲南明福王選后，遭遇足爲南明朝政與運脈之表徵。唯自福王弘光二年（清順治二年）五月後，江南已入清廷統治，梅村於南明諸王事，多所諱忌，即便吟詠其人其事，亦多語隱辭晦，敘事詩體所敘有明皇貴事蹟，遂至此而止。清廷文字網獄之嚴，由此可窺。

（二）身繫國運之重臣大將

自〈臨江參軍〉至〈雁門尙書行并序〉三首所述盧象昇、洪承疇、孫傳庭三人，爲關繫有明國運之重臣大將。洪承疇於松山之役降清，明喪大將。其後洪氏又爲清引路，導清定鼎中原，順治十年復出爲江南五省經略。於明清交替，影響不可謂不大。盧象昇、孫傳庭則爲「明季督師功烈最著者」〔註12〕，一禦清而死，一剿寇而亡。尤其孫傳庭乃明末治流寇最後一員大將，〈雁門尙書行〉序云「公死而天下事以去」，《明史》亦云「傳庭死而明亡矣」〔註13〕，是其人之勝敗死生，皆關乎明衰清興之勢。梅村採此等人物爲題材，又紀述其關鍵性之戰役〔註14〕，斯不可謂無意於史者。後人稱梅村詩「一代之史繫之」〔註15〕「於故明亡國之際，可備詩史」〔註16〕，蓋有見於此。另〈臨淮老妓行〉之劉澤清，爲南明福王江北四鎭之

請。是爲「建儲議」。

〔註11〕明神宗萬曆四十三年，有男子持梃入東宮，擊傷門者，令法司偵訊，語及鄭貴妃，鄭妃懼，請於帝及太子，磔之，事乃解。此爲「梃擊案」。

〔註12〕《越縵堂讀書簡端記》，李慈銘撰，王利器纂輯，頁343。

〔註13〕《明史》，卷二六二，鼎文書局，頁6792。

〔註14〕〈臨江參軍〉紀盧象昇賈莊之戰。〈松山哀〉紀洪承疇松山之役，及受該役影響而生之事件發展。〈雁門尚書行并序〉則紀孫傳庭潼關之戰始末。

〔註15〕〈吳詩集覽序〉，潘應椿撰，《吳詩集覽》附，乾隆四十年刊本。

〔註16〕靳覽本，卷十六，頁13。後人論梅村「詩史」者甚多，不待枚舉，另可參本論文第七章第二節。

一，可為南明軍政與存亡之窺管。

（三）一般仕宦者

〈殿上行〉至〈東萊行〉四首所述諸人，皆梅村之友。黃道周嘗於唐棲舟中授梅村《易經》〔註 17〕，可謂誼兼師友。道周「學貫古今」〔註 18〕、「聲籍八閩」、「矯絕近代，天下咸以為山斗」〔註 19〕，乃名重當時之大儒。思宗殉國後，與瞿式耜且同為南明抗清之砥柱。〈後東皐草堂歌〉云：「一朝龍去辭鄉國，萬里烽煙歸未得」，即指瞿式耜在廣西抗清之事。〈鴛湖曲〉之吳昌時，乃復社中人，為復社甚效奔走。崇禎十四年，周延儒因復社之助入閣再相，實多得力於焉。〈東萊行〉姜埰因為復社辨言，忤帝怒，下獄考訊，廷杖幾至於死。又〈哭志衍〉至〈送周子俶〉七首，除梅村自敘外，餘亦皆其交游。吳繼善、周肇為梅村同里同學至交。楊繼生為太倉學正。何采、吳達於入清後，與梅村遇於京師。另〈茸城行〉之馬逢知，乃清初松江提督，橫戾侈暴，魚肉鄉民。凡以上諸人，皆一般仕宦之屬，由其各類遭際，可窺明末清初朝局吏政之一斑，亦可見時代動亂，士人流離之狀。至於梅村本人生平境遇與心跡，更不乏確切具實之自我陳述，吾人欲知其人，論其世，不可不取證於此。

（四）歌伶名伎

伶伎為行業較為特殊之人物。因其行業關係，往往與文人名士交游往來，而在文人生活與文學作品中，居一席之位。此處因別立一類。

〈圓圓曲〉至〈臨頓兒〉五首所敘，主角皆伶人歌伎，其中尤以陳圓圓最富傳奇色彩。山海關吳三桂引兵，為明清歷史交接之關鍵。而陳圓圓以一蘇州名妓，穿梭於政治舞臺，激發此一關鍵事件。復因

〔註 17〕《梅村先生年譜》，顧師軾纂，卷二，頁 2，《家藏稿》附。

〔註 18〕《明史》，卷二五五，鼎文書局，頁 6601。

〔註 19〕《石匱書》，張岱撰，卷三七，《明史》附編第五種，鼎文書局，頁 220。

而留名吳梅村筆下，成爲不朽詩篇中之主要人物。可謂乃伶伎與歷史、文學關係之最突出證例。〈楚兩生行并序〉之蘇崑生與柳敬亭，原寧南侯左良玉幕中客。左良玉本明末剿寇健將，福王立，以長江上游事專任之，然左以討馬阮、清君側爲名東下，沒九江舟中。東下之舉，令馬士英大懼，檄調四鎮兵堵禦，反置清軍於不顧，致加速南明之亡。透過此兩篇以伶伎爲主角之作品，吾人可觀明清興亡之關鍵與南明軍幕中情事，則爲詩歌藝術欣賞外又一收穫。

至於〈臨頓兒〉，乃吳地臨頓里一無名伶人，因欠負官錢被賣。雖學藝有成，華燈弦歌，倍受恩寵，然而骨肉離異，思親情傷。此中可見伶人之不幸遭遇，與對親情之期盼，反映伶伎行業悲苦之一面。

（五）平民百姓

自〈遇南廂園叟感賦八十韻〉以下八作，主角皆無名姓〔註20〕，乃黎民百姓之普遍化代表，故以百姓類統之。

此類作品之主要人物，多遭遇困苦，命運慘厄。有顛沛於兵禍者，有備受惡吏欺壓者。〈遇南廂園叟感賦八十韻〉與〈堇山兒〉，乃述時代動亂，生靈流離之狀。〈直溪吏〉以下四首，爲貪官污吏迫害百姓，致使民不聊生，家毀產破。〈打冰詞〉與〈再觀打冰詞〉則敘船夫辛勞情形，與官吏作威作福對比，勞逸迥異。凡此，可具見當時百姓之生活面貌，而時世動盪，社會不安，亦由其中獲得眞切實證。

綜括以上所述，知梅村敘事詩中人物，率時人眞貌之寫狀。其中維繫明朝國脈之皇貴重臣，所占篇幅甚夥，尤爲不可忽視之特點。若依政治地位層層排列而下，則該時代各階層之遭逢際遇，幾皆各有取樣，可反映完整之時代面貌於讀者面前，寫實性之高，不可忽視。而梅村篇無虛詠，本乎史實之敘事特色，亦可自人物取材得一驗證。

〔註20〕〈遇南廂園叟感賦八十韻〉主要人物有二，一爲金陵百姓，一爲吳梅村，其中吳梅村不在此論之列。

第二節　事　件

人物、事件爲構成吳梅村敘事詩之兩大素材，即其他敘事詩亦然。人物之紛繁多樣已如上述，事件實尤倍之。有一篇總述一事者。如〈堇山兒〉述一流離經過，〈捉船行〉述一強徵民船事件。有一篇並敘多事者。如〈礬清湖并序〉敘吳梅村乙酉避亂與入清再仕二事，〈贈家侍御雪舫〉歷言吳達任職侍御、巡按山東、爲巡按湖南監察御史、甘肅巡茶御史，及其後回京，建言被謫諸經歷。亦有一事分見多篇者。如吳梅村入仕清朝之經過，並見於〈礬清湖并序〉與〈送何省齋〉。甲申之變，崇禎自縊，則見於〈思陵長公主輓詩〉、〈永和宮詞〉、〈吳門遇劉雪舫〉、〈琵琶行并序〉與〈蕭史青門曲〉諸詩。可謂分合錯綜，變化多端。爲瞭解吳梅村敘事題材之事件內容，茲概括其事件之類別爲戰事、亂離、宮闈、朝局、吏治與民生、其他等六大項，以分別論述。

吳梅村敘事詩中，爲量最豐且亦最爲人樂道者，乃敘故明興亡戰亂之作，即洪亮吉所云「興亡忍話前朝事」〔註 21〕，與鄭方坤所謂「鋪張排比，如李龜年說開元、天寶遺事」〔註 22〕者。因首舉戰亂之事爲本節研討伊始，並析之爲二，一曰戰事，一曰亂離。戰事謂敘寫戰役之狀況與經過者。亂離則以戰事爲背景，緣於兵禍，以致生離死別，而敘其死生別離之過程情狀。

一、戰　事

敘及戰事之篇，計有〈雁門尙書行并序〉、〈臨江參軍〉、〈松山哀〉、〈琵琶行并序〉、〈吳門遇劉雪舫〉、〈思陵長公主輓詩〉、〈哭志衍〉、〈圓圓曲〉等。所述戰事計有潼關、賈莊、松山之役、甲申之變、山海關之役、張獻忠陷蜀之戰等。〈雁門尙書行〉述潼關之役，孫傳庭以朝

〔註 21〕〈吳梅村祠題壁〉，《更生齋詩集》，卷四，頁 10，《洪北江（亮吉）先生遺集》，洪用懃等編撰，華文出版社。

〔註 22〕〈梅村詩鈔小傳〉，鄭方坤撰，《清朝詩人小傳》，卷一，廣文書局，頁 18。

廷趣戰出兵，又遇天雨糧斷，遂陣亡殉國。〈臨江參軍〉敘盧象昇賈莊之戰，中官高起潛擁關寧重兵相去五十里，乃乞援不應，遂餉乏援絕而亡。〈松山哀〉則詠松山之役，洪承疇統八總兵、十三萬軍，受困半年而兵敗城破，被擒降清。賈莊、松山爲抗清之戰。松山一役死亡將士達五萬餘，浮屍漂河，狼藉遍野，且大將降清，駝馬、甲冑、礮械損失數以萬計，斲傷明之國力至鉅。潼關之戰爲剿寇之役。自此役後，李自成勢無可當，其長驅北攻，惟寧武總兵周遇吉與之對抗，遂有甲申之變。〈琵琶行并序〉、〈吳門遇劉雪舫〉、〈思陵長公主輓詩〉均述及甲申國變戰況。

長戈指北闕，鼙鼓來西秦。寗武只一戰，各帥皆投兵。
漁陽股肱郡，千里無堅城。(〈吳門遇劉雪舫〉)

寇軍長驅直入，將帥棄戈披靡之狀，可以概見。

盜賊狐篝火，關山蟻潰防。逍遙師逗撓，奔突寇披猖。
牙纛看吹折，梯衝舞莫當。妖氛纏象闕，殺氣滿陳倉。
(〈思陵長公主輓詩〉)

描摹攻戰殺伐之況，宛然在目。

另有張獻忠陷蜀之役，〈哭志衍〉云：

黑山起張燕，青城突莊蹻。積甲峨眉平，飲馬瞿塘涸。
生民爲葅醬，醜類恣啖嚼。徒行值虎豹，同事皆燕雀。
孫城遂摧陷，狂刀乃屠膊。

而甲申變後，吳三桂引清兵入關，爲清人開啓逐鹿中原之大門，此一請兵事件之內幕，則見於〈圓圓曲〉中：

鼎湖當日棄人間，破敵收京下玉關。
慟哭六軍俱縞素，衝冠一怒爲紅顏。
紅顏流落非吾戀，逆賊天亡自荒讌。
電掃黃巾定黑山，哭罷君親再相見。

由此諸作，明末內憂外患、戰亂紛擾之象，歷歷在目。彼時黎民被兵流離，死生慘痛之狀，亦不難想見。

二、亂　離

戰伐動亂，導致生離死別之顛沛，非唯百姓爲然，一國上下，舉凡皇族貴戚、士子黔首，皆同被其禍，故吳梅村敘述亂離之詩，數量頗夥，其間人物，亦自皇親貴族，至於士人百姓，靡不具備。

如敘故明皇族貴戚之流離死難，而以甲申之變爲背景者，即有〈琵琶行并序〉、〈思陵長公主輓詩〉、〈吳門遇劉雪舫〉、〈永和宮詞〉、〈蕭史青門曲〉等詩。皆因社稷亂亡而流離，而死殉。寫崇禎自縊於煤山，如「一人勞悴深宮裡，賊騎西來趨易水。萬歲山前鼙鼓鳴，九龍池畔悲笳起」，見於〈琵琶行并序〉。「嗚呼四海主，此際惟一身。彷彿萬歲山，先后輜輧迎。辛苦十七年，欲訴知何因。今纔識母面，同去朝諸陵」，見於〈吳門遇劉雪舫〉。周皇后領旨殉國，「國母摩笄刺，宮娥掩袂傷」，見於〈思陵長公主輓詩〉。「夜雨椒房陰火青，杜鵑啼血濯龍門。漢家伏后知同恨，止少當年一貴人」，見於〈永和宮詞〉。同於甲申殉難者，又有英國公張世澤「寧同英國死，不作襄城生」（〈吳門遇劉雪舫〉），與駙馬都尉鞏永固「烈烈鞏都尉，揮手先我行」（〈吳門遇劉雪舫〉）之記錄。

此外輾轉流離於民間者，如寧德公主夫婦：

> 明年鐵騎燒宮闕，君后倉黃相訣絕。
> 仙人樓上看灰飛，織女橋邊聽流血。
> 慷慨難從鞏公死，亂離怕與劉郎別。
> 扶攜夫婦出兵間，改朔移朝至今活。
> 粉碓脂田縣吏收，妝樓舞閣豪家奪。
> 曾見天街羨璧人，今朝破帽迎風雪。
> 賣珠易米返柴門，貴主淒涼向誰說？（〈蕭史青門曲〉）

流落淒涼之狀畢見。又有言太子慈烺出奔之事：

> 割慈全國體，處變重宗潢。冑子除華紱，家丞具急裝。
> 敕須離禁闥，手爲換衣裳。社稷仇宜報，君親語勿忘。
> 遇人耑退讓，愼己舊行藏。（〈思陵長公主輓詩〉）

然其後與永、定二王均不知所終。

皇族貴戚死難流落外，士人因甲申之變而漂零天涯者，有〈東萊行〉之姜埰、姜垓兄弟，即「避兵盡室來江東」「却因奉母亂離中」等所敘。

甲申十月，張獻忠陷成都，大事殺伐，屠戮慘酷。以此亂為背景者，有吳繼善「闔門竟同殉，覆卵無完殼」（〈哭志行〉）之死難。其弟吳述善「一弟漏刃歸，兩踝見芒屩。三峽奔荊門，魚龍食魂魄」（〈哭志行〉）之徒跣逃歸。與楊繼生夫婦之別後重逢：

愁中鄉信斷，不敢望來書。盡道是葭萌，殺人滿川陸。
積屍峨嵋平，千村惟鬼哭。客有自秦關，傳言且悲喜。
來時聞君婦，貞心視江水。江水流不極，猿聲哀豈聞？
將書封斷指，血淚染羅裙。五内為崩摧，買舟急迎取。
相逢惟一慟，不料吾見汝。（〈閬州行〉）

及其家人之流離失散：

汝有親弟兄，提攜思共濟。姊妹四五人，扶持結衣袂。
懷裡孤雛癡，啼呼不知避。失散倉皇間，骨肉都拋棄。
（〈閬州行〉）

甲申之次年，即清順治二年乙酉，清兵南下，金陵弘光朝覆滅，江南亦淪於烽煙戰亂。以此時兵火為背景而敘流離事狀者，有〈聽女道士卞玉京彈琴歌〉，言弘光選后徐氏，淑女祁氏、阮氏〔註 23〕被軍府驅遣，「以一鞭揮之去」〔註 24〕之遭遇，與卞玉京本人之逃亡流落經過。又有〈避亂六首〉、〈礬清湖并序〉，乃吳梅村自述乙酉聞亂，倉皇避兵之經過。另〈楚兩生行〉之柳敬亭與蘇崑生，二人遭逢左良玉東下而歿於九江舟中之變，亦恰為此時。此外，〈遇南廂園叟感賦八十韻〉敘及此際金陵百姓遇兵火之狀曰：

大軍從北來，百姓聞驚惶。下令將入城，傳箭需民房。

〔註 23〕祁、阮事靳、吳二家俱失注，程箋亦云未詳，據今人錢仲聯考，以為祁氏乃祁彪佳族女，阮氏則阮大鋮族女。見〈『吳梅村詩補箋』一勺〉。

〔註 24〕〈過錦樹林玉京道人墓并傳〉傳文，《家藏稿》，卷十，頁 3。

里正持府帖，僉在御賜廊。插旗大道邊，驅遣誰能當？

但求骨肉完，其敢攜筐箱？扶持雜幼稚，失散呼耶孃。

軍隊占住民房，以致人民驅遣失散。而〈堇山兒〉以一少年流離輾轉之經過，表徵生民之動盪顛沛，尤爲具實悲痛：

堇山兒，兒生不識亂與離。父言急去牽兒衣，母言乞火爲兒炊作糜。

父母忽不見，但見長風白浪高崔嵬。將軍下一令，軍中那得聞兒嗁？

樓船何高高，沙岸多崩摧。榜人不能移，舉手推墮之。

上有蒲與萑，下有濘與泥。十步九倒迷東西。

身無袴襦，足穿蒺藜。叩頭指口惟言飢。

將船送兒去，問以鄉里，記憶還依稀。父兮母兮哭相認，聲音雖是形骸非。

傍有一老翁，羨兒獨來歸。不知我兒何處餵游魚，或經略賣遭鞭笞。

垂頭涕下何纍纍！吾欲竟此曲，此曲哀且悲。

茫茫海內風塵飛。一身不自保，生兒欲何爲？

君不見堇山兒！

堇山即浙江會稽東南之赤堇山，顧師軾《梅村先生年譜》云：「（清順治）二年乙酉三十七歲，……六月，大兵入浙。有〈堇山兒〉詩。」〔註25〕大兵即清兵，詩中少兒之遭遇，以清兵入浙之兵事爲背景。清軍南下，江南被禍之狀，可見一斑。

以上所述，均明末清初，兵荒馬亂時，政治移替與社會顛盪之事狀。或當代重大之戰役，或國變君臣死難流離，或士民遇亂而輾轉顛沛，逐一如實紀存於詩篇。此等素材之入詩，不可不謂爲吳梅村敘事詩之一大特色，雖與杜甫詩史之寫實風格如出一轍，而老杜之作，猶不及梅村詩之具體實切，確鑿可按，足直追史載也。

〔註25〕卷二，頁10，《家藏稿》附。

三、宮　闈

前「人物」一節，嘗述吳梅村多取皇族貴戚爲主角。相關於此類人物之身分，宮闈中事亦爲吳梅村取材之一重要類題。〈銀泉山〉、〈雒陽行〉、〈永和宮詞〉、〈琵琶行并序〉、〈蕭史青門曲〉、〈思陵長公主輓詩〉、〈吳門遇劉雪舫〉、〈清涼山讚佛詩四首〉等均述及。

〈銀泉山〉與〈雒陽行〉所述，爲明神宗萬曆一朝之宮闈事件。時鄭妃寵幸，神宗兼愛其子常洵，羣臣疑慮，數請立太子。萬曆二十九年，乃立長子常洛爲太子，並封常洵爲福王，營藩邸於洛陽。而久不令就藩，羣臣復交章敦促。萬曆四十二年，福王始辭京就藩。〈雒陽行〉即言鄭妃貴幸，有奪嫡之規，並歷敘福王封藩，就藩，及其後死於李自成寇亂，崇禎哀悼喪祭，封其子由崧嗣藩之經過。〈銀泉山〉「覆雨翻雲四十年，專房共輦承恩顧」以下，謂鄭妃專寵之盛與「宴逸無度，恣行威怒，鞭笞羣下，宮人奄豎無辜死者千人」〔註26〕之事狀。若〈清涼山讚佛詩四首〉，則述清世祖與董鄂妃恩愛死生之故事。除此而外，宮闈事材皆取自崇禎朝。

〈吳門遇劉雪舫〉中有一段敘明思宗幼年失恃，即位後，求太后遺像奉祀太廟之事。〈琵琶行并序〉述及明思宗宮內生活之娛樂。逮河南寇亂，四方憂患，乃無復此樂。思宗宵旰無歡，憂急國是之情形，又見於〈永和宮詞〉、〈思陵長公主輓詩〉與〈蕭史青門曲〉。此三首詩中，同時亦可見思宗寵妃田氏恩幸至於薨逝之過程，樂安、寧靜出嫁之盛況，長平公主許配未嫁之事，周皇后、田貴妃間之微妙關係，與宮廷中皇族家人相處及生活情形，試舉二段爲例：

> 外家肺腑數尊親，神廟榮昌主尚存。
> 話到孝純能識面，抱來太子輒呼名。
> 六宮都講家人禮，四節頻加戚里恩。
> 同謝面脂龍德殿，共乘油壁月華門。（〈蕭史青門曲〉）
> 本朝家法脩清讌，房帷久絕珍奇薦。

〔註26〕〈丁元薦傳〉，《明史》，卷二三六，鼎文書局，頁6157。

敕使惟追陽羨茶，內人數減昭陽膳。
維揚服製擅江南，小閣爐烟沉水含。
私買瓊花新樣錦，自修水遞進黃柑。
中宮謂得君王意，銀鐶不妬溫成貴。
早日艱難護大家，比來歡笑同良娣。
奉使龍樓賈佩蘭，往還偶失兩宮歡。
雖云樊嫕能辭令，欲得昭儀喜怒難。
綠綈小字書成印，瓊函自署充華進。
請罪長秋聖主憐，含辭欲得君王慍。
君王內顧惜傾城，故劍還存敵體恩。
手詔玉人蒙詰問，自來階下拭啼痕。（〈永和宮詞〉）

〈蕭史青門曲〉一段，敘六宮家人相處、皇帝賜物情形。〈永和宮詞〉一段，則宮中生活，田妃恩寵之狀，后妃微妙關係，與齟齬過程，均娓娓道來，如史實再現。若欲考晚明宮闈情事，誠可爲參證之史料。

四、朝　局

再者，吳梅村所述事件中，部分乃爲政措施與官員遷謫、刑獄之朝事，姑統歸爲朝局一類。如〈聽女道士卞玉京彈琴歌〉述弘光選后事云：「萬事倉皇在南渡，大家幾日能枝梧？詔書忽下選蛾眉，細馬輕車不知數。」倉皇之際，猶選后擾民。又如〈哭志衍〉中敘及復社之獄，〈後東皐草堂歌〉言張漢儒訐瞿式耜事，〈東萊行〉述姜埰受廷杖，〈鴛湖曲〉紀吳昌時見法棄市。上述數人皆與復社有關，彼等刑獄之事，實即崇禎朝黨爭政況之寫照。朝局爭攘不安，由此可知。〈臨江參軍〉中，述及楊廷麟疏劾楊嗣昌主和之非，而遭貶官。盧象昇主戰，亦與楊嗣昌主和不合，曰：

去年羽書來，中樞失籌策。桓桓尚書公，提兵戰力疾〔註27〕。
將相有纖介，中外爲危慄。君拜極言疏，夜半片紙出。

〔註27〕四庫本及三家注本作「疾力」。「疾」在質韻，「力」在職韻，古通押。

贊畫樞曹郎，遷官得左秩。

可見朝廷禦清政策左右不定，用人不明，以致良將爲權臣所抑，乃至於戰敗殉國，喪地失民。〈雁門尚書行并序〉所云孫傳庭以朝廷趣戰出兵而敗，情形正復相同：

長安城頭揮羽扇，臥甲韜弓不忘戰。
持重能收壯士心，沉幾好待兇徒變。
忽傳使者上都來，夜半星馳馬流汗。
覆轍寧堪似往年？催軍還用松山箭。
尚書得詔初沉吟，蹶起橫刀忽長歎：
「我今不死非英雄，古來得失誰由算？」

據上所述，可見明思宗朝中政爭攘奪傾軋，治策舉措失宜之情狀。疆喪國亡，非得之無由。

五、吏治與民生

復次，占有篇幅甚夥，選材特色亦甚受重視者，則爲描述民生疾苦事件之篇章。其內容多以江南百姓之疾苦爲主，蓋爲梅村鄉里所在，乃其熟稔且關注者。所發生事件，亦率多目睹親聞之近事。故由此類詩作，可具體見知當時百姓之生活遭遇。而人民生計之疾苦與官吏作爲之橫惡，又常爲一體兩面。惡吏貪污、勒索、壓榨，實乃導致地方百姓窮愁之罪首。詩篇敘述，亦常含括兩面事狀爲言，故此處統民生疾苦與惡吏敗政二端於一項而綜述之。

此類作品計有〈遇南廂園叟感賦八十韻〉、〈茸城行〉、〈直溪吏〉、〈臨頓兒〉、〈蘆洲行〉、〈馬草行〉、〈捉船行〉、〈打冰詞〉、〈再觀打冰詞〉、〈松山哀〉等十首，後三首除外，其餘皆敘江南百姓之疾苦事件。其中〈遇南廂園叟感賦八十韻〉，敘清人初定江南，官吏橫惡與黎民所受迫害云：

下路初定來，官吏踰貪狼。按籍縛富人，坐索千金裝。
以此爲才智，豈曰惟私囊。今日解馬草，明日修官塘。
誅求刲到骨，皮肉俱生瘡。

幸其後「新政求循良」，「春來雨水足，四野欣農忙」，人民始得重拾生計，耕作謀業，民生稍安。〈茸城行〉寫馬逢知提督松江時，行事貪殘狠暴，當地士民橫遭蹂藉云：

此地江湖綰鎖鑰，家擅陶朱户程卓。
千箱布帛運軺車，百貨魚鹽充邸閣。
將軍一一數高貲，下令搜牢徧墟落。
非爲仇家告併兼，即稱盜賊通囊橐。
望屋遙窺室內藏，算緡似責從前諾。
敢信黔婁脱網羅，早看猗頓塡溝壑。
窟室飛觴傳箭催，博場戲責橫刀索。
縱有名豪解折行，可堪小户勝狂藥？
將軍沉湎不知止，箕踞當筵任頤指。
拔劍公收伍佰妻，鳴髇射殺良家子。

惡吏劫掠民產，貪財好色，橫暴僭侈之乖行，令人髮指。

〈直溪吏〉、〈臨頓兒〉皆寫惡吏催租，民無以應，以致鬻兒償逋，或拆屋供吏之事。

直溪雖鄉村，故是尚書里。短棹經其門，叫聲忽盈耳。
一翁被束縛，苦辭橐如洗。吏指所居堂，即貧誰信爾？
呼人好作計，緩且受鞭箠。（〈直溪吏〉）

此胥吏催租之橫惡。

臨頓誰家兒，生小矜白皙。阿爺負官錢，棄置何倉卒！
給我適誰家？朱門臨廣陌。囑儂且好住，跳弄無知識。
獨怪臨去時，摩首如憐惜。（〈臨頓兒〉）

此百姓鬻兒償逋之愁慘。

〈蘆洲行〉、〈馬草行〉、〈捉船行〉亦皆極言官吏興利害民之惡狀。其貪污勒索，剝削民脂之敗行，不一而足。如：

我家海畔老田荒，亦長蘆根豈賜莊？
州縣逢迎多妄報，排年賠累是重糧。
丈量親下稱蘆政，鞭笞需索輕人命。
胥吏交關橫派征，差官恐喝難供應。（〈蘆洲行〉）

此述妄報蘆田，課糧索稅，差官又藉機勒索派征。而後雖陋政革除：「詔書昨下知民病，解頭使用今朝定」，然人民已困蔽不堪，喪業破產：「早破城中數百家，蘆田白售無人問」。又如：

官差捉船爲載兵，大船買脫中船行。
中船蘆港且潛避，小船無知唱歌去。
郡符昨下吏如虎，快槳追風搖急櫓。
村人露肘捉頭來，背似土牛耐鞭苦。
苦辭船小要何用，爭執洶洶路人擁。
前頭船見不敢行，曉事篙師斂錢送。
船戶家家壞十千，官司查點候如年。
發回仍索常行費，另派門攤云雇船。(〈捉船行〉)

此呈現強徵民船，官吏藉機貪污，中飽私囊之具體過程。

若〈打冰詞〉、〈再觀打冰詞〉，則吳梅村再仕赴都途中，遇河水凍結，見舟人打冰之經過，二詩事件實爲連續，宜合併以觀。

篙滑難施櫓枝折，舟人霜滿髭鬚白。
發鼓催船喚打冰，銜寒十指西風裂。
吁嗟河伯何硜硜，白棓如雨終無聲。
魚龍潛逃科斗匿，殊耐鞭杖非窮民。
官艙裘酒自高臥，只話篙師叉手坐。
早辦人夫候治裝，明日推車冰上過。(〈打冰詞〉)

官催打冰不肯行，座船既泊商船停。
商船雖住起潛聽，冰底有聲柁牙應。
桅竿旗動吹南風，舟子喜甚呼蒙衝。
兒童操梃爭跳躍，其氣早奪馮夷宮。(〈再觀打冰詞〉)

以上所引爲〈打冰詞〉後段與〈再觀打冰詞〉之前一段，可證二詩事件連貫。而由其官民勞逸迥殊，兩相對照，可知其時官吏驕逸情狀，與平民遭受之不公待遇。

此外，如〈松山哀〉後一段所述，對象則爲河北一帶之中原百姓。因滿人入關後，見遼地荒落，乃詔募中原農夫前往耕墾：「牛背農夫分部送，雞鳴關吏點行頻」，而導致人民勞擾流離：「兩河少壯丁男盡，三輔流移故土輕」。凡此，均見其時社會不安與民生疾苦之狀，足爲明清之際社會現況之縮影。

六、其　他

上述五大類，皆吳梅村敘事詩中之重要事件，亦已囊括其敘事題材之重大部分。除此而外，如〈礬清湖并序〉與〈送何省齋〉中，梅村自敘其入清再仕情形。〈送何省齋〉兼敘何采棄官之事。〈思陵長公主輓詩〉述長平公主於順治二年上書，求落髮爲尼，後受旨下嫁周世顯，次年溘焉病逝之經過。〈贈家侍御雪航〉敘吳達巡按各地之經歷、政績。又如〈送周子俶四首〉言其應試、出仕終始。〈永和宮詞〉道及外戚田宏遇驕奢實狀。凡此等事件，無以歸類，姑以「其他」爲名統之。又如陳圓圓被豪家強奪入京，入宮復出之事（〈圓圓曲〉），劉澤清、馬逢知因橫暴不法而伏誅之事（〈臨淮老妓行〉〈茸城行〉），亦可歸於此類。

由本節事件之歸納論述，可知吳梅村敘事題材，誠多時事之寫實紀述，且政治性至爲濃厚。戰事、宮闈、朝局，其事件固皆繫屬於人物之政治身分。而民生疾苦，爲吏治腐敗所致，士民流離死難，亦朝政衰朽，政權變動移替之必然結果，是又皆繫於政治因素。故除具強烈寫實性外，富濃厚政治色彩，亦吳梅村敘事詩之一大特色。

第四章　吳梅村敘事詩之內涵（二）——情思

〈詩大序〉云：「在心爲志，發言爲詩。」文學作品之產生，緣於人心必欲吐之而後快之塊壘。就此而言，敘事詩與抒情詩並無兩樣。唯描述之重心與手法爲異，故抒情言志之途徑有別，其呈現之詩體面貌遂相殊耳。吳梅村身遭鼎革，閱歷興亡，其敘事詩中蘊含沈厚幽深之思想感情，一身之滄桑與一世之滄桑，均盡數傾注於其中。而敘事詩體爲「多頭緒的」「量的擴大表達」〔註1〕，以之爲抒情言志之工具，乃更能提供其鋪展感時傷世，悼國悲己，諸般交織錯雜之繁複心情，此亦抒情詩所未必能及者。以下茲綜合三十八首敘事之作，鉤取其中顯露而主要之感情與思想，期進一層瞭解梅村敘事篇章所涵，並探索吳梅村其人之心靈世界。

第一節　感　情

王夢鷗先生《文學概論》有云：「抒情詩是一切文學作品的鼻祖。」「凡屬文學作品——無論是近代的或古代的，必然要帶有抒情詩的血統。」〔註2〕又云：「故『敘事詩』的原義也是由它的文體而得名，

〔註1〕《文學概論》，王夢鷗著，藝文印書館，頁166。
〔註2〕同前註，頁163。

而不是詩的本質的變異，如果眞是詩的本質的變異，變成了純粹事例的講述而不含有一些作者抒情的成分，那我們即可說它是『歷史』而不是『詩』或『敘事詩』了。」〔註3〕蔣伯潛亦謂：「詩歌的靈魂是情感。有眞摯的情感的，便是好詩。雖然是敘事詩，所敘的事，也必有充盈洋溢的情感，方能引起讀者的共鳴。」〔註4〕由以上引述，可知敘事詩雖以人、事爲寫作對象，仍須含帶情感成分，亦即具抒情功用也。吾人欲區分敘事、抒情之別，自不宜以抒情與否爲判，蓋就詩之本質而論，無論「敘事」或「抒情」，皆不能不具情感之質素。

袁枚嘗評吳梅村詩曰：

生逢天寶亂離年，妙詠香山長慶篇。
就使吳兒心木石，也應一讀一纏綿。〔註5〕

第一、二句點出吳梅村時代背景與承繼前人之風貌，後兩句則贊其詩之情感纏綿悱惻，濃郁動人。而所謂「一讀一纏綿」，其中尤爲感人至深，令讀者最覺哀婉沉痛者，當推亡國之慟，故君之思。〔註6〕

一、家國之慟

梅村身逢異族入主，國變君亡，於彼而言，猶如生存基石崩潰。蓋彼嘗耀登榜眼，又蒙欽賜歸娶之榮，一旦家變國破，打擊之鉅可知。〈鴛湖曲〉敘吳昌時見法後鴛湖破落，其後更歎：「烽火名園竄狐兔，畫閣偷窺老兵怒。寧使當時沒縣官，不堪朝市都非故！」按吳昌時棄市在明崇禎十六年十二月，〈鴛湖曲〉一詩，顧師軾《梅村先生年譜》

〔註3〕同前註，頁165。

〔註4〕《文體論纂要》，正中書局，頁179。

〔註5〕〈倣元遺山論詩三十八首〉其二，《小倉山房詩集》，卷二七，頁5，廣文書局。

〔註6〕《吳詩談藪》引《艮齋雜說》云：「予讀其詩詞樂府，故君之思，流連言外。」（卷之上，頁10，靳覽本附）詩詞樂府如此，敘事詩尤如此。又引沈德潛語：「梅村故國之思，時時流露。」（卷之上，頁15，靳覽本附）前人評述，屢見不鮮。

繫於清順治四年，鈴木虎雄從之〔註7〕。是該詩之作，已在明亡之後，「寗使當時沒縣官」者，謂寧崇禎十六年見法時抄沒入官，猶存於故明之手，亦不願今日淪於烽火、老兵，蓋已爲異族所據，朝市非故矣。

〈蘆洲行〉、〈馬草行〉思懷故國之情亦甚顯而易見：

君不見舊洲已沒新洲出，黃蘆收盡江潮白。

萬束千車運入城，草場馬廄如山積。

樵蘇猶到〔註8〕鍾山去，軍中日日燒陵樹。（〈蘆洲行〉）

鍾山南望獵痕燒，放牧秋原見射鵰。

寗莝雕胡供伏櫪，不堪園寢〔註9〕草蕭蕭。（〈馬草行〉）

〈蘆洲行〉前四句刺官府之剝削腐敗，末二句則轉出極爲強烈之故國之思，與〈馬草行〉四句同。鍾山山南有孝陵衛，乃明太祖陵寢所在，明設宮監、士兵守衛，本何等尊貴神聖之地！而國亡後，砍伐陵樹，燒山行獵，蹂躪至於殘破不堪，遂令勝朝遺臣吳梅村，不忍極目。

梅村君國之悼，幾可謂無處不在。〈永和宮詞〉述田貴妃亡，明思宗哀弔事云：

病不禁秋淚沾臆，裹回自絕君王膝。

苔沒長門有夢歸，花飛寒食應相憶。

玉匣珠襦啓便房，薤歌無異葬同昌。

君王欲製哀蟬賦，誄筆詞臣有謝莊。

頭白宮娥暗嚬蹙，庸知朝露非爲福？

宮草明年戰血腥，當時莫向西陵哭。

窮泉相見痛倉黃，還向官家問永王。

幸免玉環逢喪亂，不須銅雀怨興亡。

詩以免遭亡國之慟，爲田妃之死致幸，亦即是爲慘逢國亡之君民致悲。梅村未嘗直抒痛悼之情，然慶死者而不慶生者，情益不堪，可謂

〔註7〕顧譜，卷二，頁11：順治四年，「游越，有……〈鴛湖曲〉。」《家藏稿》附。鈴木虎雄譜見《「高瀨博士還曆紀念」支那學論叢》，頁830。

〔註8〕四庫本與三家注本作「向」。

〔註9〕四庫本與三家注本作「極目」。

一字一淚矣。〈琵琶行并序〉哀悼之情同之，有云：

前輩風流最堪羨，明時遷客猶嗟怨。即今相對苦南冠，昇平樂事難重見。

靳榮藩注云：「與篇首康、王諸公相比照，并與樂天之賦〈琵琶行〉相比照，正是悲歌自己也。」〔註10〕「明時遷客」一句，以己歌〈琵琶行〉與白居易歌〈琵琶行〉之遭遇背景作對照。白氏賦詩時雖遠謫江州，然君國俱在，爲承平之時。己賦詩之時，則猶如覆巢之卵，昇平不見，家國亦不存。〈琵琶行〉全詩所述，即爲君王憂國殉難，故都國破城空之狀。哀慟之悲情，充塞於詩篇。又如〈吳門遇劉雪舫〉、〈蕭史青門曲〉、〈思陵長公主輓詩〉等，寫皇族戚貴遭遇，字裏行間，每每觸之即哀，所謂長歌之悲，有甚於痛哭者。其餘非以皇貴爲寫作對象者，家國之慟亦隨時流露。〈松山哀〉、〈東萊行〉、〈後東皐草堂歌〉、〈臨淮老妓行〉、〈聽女道士卞玉京彈琴歌〉等皆是。〈遇南廂園叟感賦八十韻〉內之慨歎尤爲直接：

回頭望雞籠，廟貌諸侯王。左李右鄧沐，中坐徐與常。
霜髯見鋒骨，老將東甌湯。配食十六侯，劍珮森成行。
得之爲將相，寧復憂封疆？

明太祖洪武二年立功臣廟於金陵雞籠山，列祀開國功臣二十一人。明亡後，梅村重訪金陵，回顧往昔開國之盛，不禁怨慨交集。此下所言，益覺慘痛：

鍾陵十萬松，大者參天長。根節猶青銅，屈曲蒼皮僵。
不知何代物，同日遭斧創。前此千百年，豈獨無興亡？
況自百姓伐，孰者非畊桑？羣生與草木，長養皆吾皇。
人理已澌滅，講舍宜其荒！

與前述〈蘆洲行〉、〈馬草行〉，同藉鍾山孝陵今昔變異，吐訴傷慟國亡心情。唯「人理已澌滅」一語尤慘絕。「前此千百年，豈獨無興亡？」移朝易祚，史載不絕，並非明清間僅有，吳梅村又何出人理滅盡之痛

〔註10〕靳覽本，卷四上，頁19。

語？實因明亡非獨政權崩潰，且乃華夏淪於夷虜，種族文化均橫遭摧殘也。檢清史順治二年「薙髮令」下，江南士民反抗死難之壯烈，即知梅村此語背後所涵深義及其至慟之情。

文物慘遭摧毀，人理滅絕，其悲惋亦見於〈茸城行〉內：

君不見夫差獵騎何翩翩！五茸春草城南天。
雉媒飛起發雙矢，西施笑落珊瑚鞭。
湖山足紀當時勝，歌舞猶爲後代傳。
陸生文士能爲將，勳名三世才難量。
河橋雖敗事無成，睥睨千秋肯誰讓？
代有文章占數公，煙霞好處偏神王。
兵火燒殘萬卷空，大節英聲未凋喪。
一朝遽落老兵手，百里溪山復何有？
已見衣冠拜健兒，苦無丘壑安窮叟。

五茸城原戰國吳王獵場，位松江府城南華亭谷東，詩藉之以表松江一地。此地歷來爲人文薈萃之區，晉陸機即出於斯。明代名士如董其昌、陳繼儒、與吳梅村同時之陳子龍、夏允彝等，亦皆該地人士。是爲地靈人傑之勝區。而一旦國亡族淪，人文勝蹟燒殘無存，湖山雖在，亦神氣全非。「老兵」指松江提督馬逢知，爲摧殘該地人文勝事之劊子手，亦可與〈鴛湖曲〉「畫閣偷窺老兵怒」之老兵並觀，同爲清人政權之象徵。詩中指控彼等殘暴無倫，即間接控訴清人摧毀華夏文化。於悼故君，悲亡國外，更有一層華夏異變，文化受創之沉哀。吳梅村不僅有身爲先朝遺臣之幽傷，更有身爲知識分子，而眼見種族文化橫遭蹂藉之悲憤。國變族淪，梅村傷悼家國，實有多重之痛，其情既深且哀已極矣。

二、漂蕩之苦

前述〈琵琶行并序〉一詩，於亡國之痛外，日人竹村則行嘗謂其創作意圖，亦在訴述先朝遺民漂落天涯之怨〔註11〕。此漂零之怨，可

〔註11〕〈吳偉業「琵琶行」における白居易「琵琶行」の受容〉，竹村則行

見於下述四句：

換羽移宮總斷腸，江村花落聽霓裳。

龜年哽咽歌長恨，力士淒涼說上皇。

詩以「岐王宅裏尋常見，崔九堂前幾度聞」之李龜年比擬明末北調琵琶名手白彧如，而以唐玄宗寵宦高力士，比擬明思宗中常侍姚公。二人皆於明亡後，流落吳地。「聽霓裳」「歌長恨」「說上皇」則皆用唐玄宗典，以天寶之亂比明末清初之動盪。琵琶所奏，姚公所述，均回憶前明舊事。聽者聞之，猶如「江村花落聽霓裳」，而霓裳羽衣曲竟於江村之地，花落之時聞之，意象直追杜甫〈江南逢李龜年〉之「落花時節又逢君」，與劉禹錫〈烏衣巷〉之「舊時王謝堂前燕，飛入尋常百姓家」。昔盛今衰，零落異地之感，溢於言表。篇末申歎：

白生爾盡一杯酒，繇來此伎推能手。

岐王席散少陵窮，五陵召〔註12〕客君知否？

獨有風塵潦倒人，偶逢絲竹便沾巾。

江湖滿地南鄉子，鐵笛哀歌何處尋？

仍以岐王之典作喻，慨言勝事已盡，風流雲散，獨餘潦倒塵際之悲歌。「獨有風塵潦倒人，偶逢絲竹便沾巾」二句，一方面總括白生、姚公諸人，另方面照應梅村前述「我亦承明侍至尊」而自爲心聲。與白居易「座中泣下誰最多？江州司馬青衫濕」，皆寫照已身，慨歎漂零。先朝遺民漂蕩天涯之苦，盈溢全詩。

吳梅村除乙酉避亂，倉皇離家，並無漂落異地之苦，然却有漂落異朝之哀。〈送何省齋〉云：

時命苟弗諧，貧賤安可冀？過盡九折艱，咫尺俄失墜。

淒涼游子裝，訣絕衰親淚。關山車馬煩，雨雪衣裘敝。

長安十二衢，畫戟朱扉衛。冠蓋起雞鳴，蹀躞名豪騎。

通籍平生交，於今悉凋替。磬折當塗前，問語不敢對。

撰，《中國文學論集》第十號，頁146～177。

〔註12〕吳注本作「賓」，並注曰：「本集作五陵召客，疑非。」

衰白齒坐愁，逡巡與之避。禁掖無立談，獨行心且悸。

梅村辭薦不成，關山赴召。抵京後則政權已改，朝廷已非。往時宦遊同儕，悉已凋替。其異朝漂零，落寞淒寂之悲苦，實較異地之漂蕩遠甚。且梅村入事清廷，又深銜失節之沉痛。「過盡九折艱，咫尺俄失墜」，痛陳遽爾喪節。「我行感衰疾，腰脚增疲曳。可憐扶杖走，尚逐名賢隊」、「爾死顧得還，我留復誰爲」、「少壯今逍遙，老大偏濡滯」〔註13〕等語，則極力刻劃年老體衰，不堪任用形象，表明流落心境。另觀「誤盡平生是一官」〔註14〕、「竟一錢不値何須說」〔註15〕等浩歎，其心跡之苦，實令讀者爲之掬淚。

再觀〈王郎曲〉中一段極具深意之詠歎：

王郎三十長安城，老大傷心故園曲。
誰知顏色更美好，瞳神翦水清如玉。
五陵俠少豪華子，甘心欲爲王郎死。
寗失尚書期，恐見王郎遲。
寗犯金吾夜，難得王郎暇。
坐中莫禁狂呼客，王郎一聲聲頓息。
移牀欹坐看王郎，都似與郎不相識。
往昔京師推小宋，外戚田家舊供奉。
只今重聽王郎歌，不須再把昭文痛。
時世工彈白翎雀，婆羅門舞龜茲樂。
梨園子弟愛傳頭，請事王郎教弦索。
恥向王門作伎兒，博徒酒伴貪歡謔。
君不見康崑崙、黃旛綽，承恩白首華清閣。
古來絕藝當通都，盛名肯放優閒多？王郎王郎可奈何！

本詩前一段敘王郎年十五傾靡吳中之狀，此處所引乃後一段，寫王郎入京，仍傾倒眾人。通首均述王郎歌藝風靡盛況，篇末突慨歎盛名，以奈何作結，與前文情緒、氣神，均不相貫，李慈銘評此曰：「結得

〔註13〕〈送何省齋〉。
〔註14〕〈自嘆〉，《家藏稿》，卷六，頁6。
〔註15〕〈賀新郎病中有感〉，《家藏稿》，卷二六，頁7。

無謂」〔註 16〕，然果無謂乎？實梅村難言之隱，無處可發，乃寓意於伎師，亦猶白居易〈琵琶行〉「同是天涯淪落人」，寓意於琵琶女子也。靳榮藩《集覽》所申，可盡其情：

> 予謂自康崑崙以下，乃梅村自悼之詞耳。蓋梅村晚年出山，原非得已，故〈送何省齋〉云：「可憐扶杖走，尚逐名賢隊。」「遜子十倍才，焉能一官棄？」〈礬清湖〉云：「天意不我從，世網將人驅。親朋盡追送，涕泣登征車。」〈將至京師〉〔註 17〕云：「今日巢由車下拜，淒涼詩卷乞閒身。」又云：「匹馬天街對落暉，蕭條白髮悵誰依？」〈寄周芮公〉〔註 18〕云：「但若盤桓便見收，詔書趨迫敢淹留？」尚論其世，當非虛語。此詩跋云：「今秋遇於京師」〔註 19〕，而編次于壽芝麓〔註 20〕後，蓋正在涕泣登車之後，白髮誰依之日也。故「承恩白首」「絕藝」「盛名」，皆梅村自爲寫照。而「盛名肯放優閒多」，即〈送何省齋〉所謂「薄祿貪負閒，憂責仍不細」也。末句慨乎言之，長歌之悲，甚于痛哭矣！而豈眞爲王郎作傾倒哉！〔註 21〕

靳氏之說，道盡梅村胸中塊壘，誠深知梅村者。

喪亂流離，漂落天涯，爲同時代中人共同遭遇，故吳梅村敘事詩內充溢無數感傷流落之悲情，如：

> 我幼獨見遺，貧賤今依人。……
> 落魄游江湖，踪跡嗟飄零。傾囊縱蒱博，劇飲甘沉淪。
> （〈吳門遇劉雪舫〉）
>
> 十年同伴兩三人，沙董朱顏盡黃土。

〔註 16〕《越縵堂讀書簡端記》，李慈銘撰，王利器纂輯，頁 340。
〔註 17〕〈將至京師寄當事諸老四首〉，《家藏稿》，卷十五，頁 2。
〔註 18〕〈寄房師周芮公先生四首并序〉，《家藏稿》，卷十五，頁 6～7。
〔註 19〕〈王郎曲〉跋：「王郎名稼，字紫稼，於勿齋徐先生二株園中見之。髫而皙，明慧善歌。今秋遇於京師，相去已十六、七載，風流儇巧，猶承平時。故習酒酣，一出其伎，坐上爲之傾靡。」
〔註 20〕〈贈總憲龔公芝麓〉，《家藏稿》，卷十一，頁 1。
〔註 21〕靳覽本，卷五下，頁 4。

貴戚深閨陌上塵，吾輩漂零何足數？
坐客聞言起歎嗟，江山蕭瑟隱悲笳。
莫將蔡女邊頭曲？落盡吳王苑裏花。
（〈聽女道士卞玉京彈琴歌〉）

纔轉輕喉便淚流，尊前訴出漂零苦：……
老婦今年頭總白，淒涼閱盡興亡迹。（〈臨淮老妓行〉）

愛弟棄官相追從，避兵盡室來江東。
本爲逐臣溝壑裏，却因奉母亂離中。……
只君兄弟天涯客，漂零尚是烟霜隔。
思歸詩寄廣陵潮，憶弟書來虎丘石。
回首風塵涕淚流，故鄉蕭瑟海天秋。
田橫島在魚龍冷，欒大城荒草木愁。（〈東萊行〉）

羇棲孤館伴斜曛，野哭天邊幾處聞？
草滿獨尋江令宅，花開閒弔杜秋墳。
鵾絃屢換尊前舞，鼉鼓誰開江上軍？
楚客祇憐歸未得，吳兒肯道不如君？（〈楚兩生行并序〉）

上引數詩，計寫劉雪舫、卞玉京、弘光選后徐氏、東平侯伎冬兒、姜垓、姜埰兄弟，與蘇崑生、柳敬亭等人之流離。時代動盪，生涯如寄，飄萍浮蕩之苦，無庸贅言矣。

三、滄桑之感

時移事異，人世原本即有諸多滄海桑田之變動。國亡世亂，烽火使壯麗山河一夕頓成焦土。顧昔視今，無限滄桑之感不能不油然生焉。吳梅村敘事詩所述，多明末清初鼎替之人事，昔盛今衰之景，隨詩屢見，感慨悲涼，亦與之俱。滄桑之感表現於篇章者，以〈鴛湖曲〉最爲頑豔纏綿。茲引述如下：

鴛鴦湖畔草黏天，二月春深好放船。
柳葉亂飄千尺雨，桃花斜帶一溪煙。
煙雨迷離不知處，舊堤却認門前樹。
樹上流鶯三兩聲，十年此地扁舟住。

此第一段。鴛鴦湖又名南湖，位嘉興府南，爲吳昌時園亭所在。本詩家藏稿本題下有梅村自注「爲竹亭作」，竹亭即吳昌時園中亭名，因以爲題，可證詩詠吳昌時事無疑。起八句爲總帽，繪鴛湖美景，寫梅村於春深之日行舟至此。柳葉、桃花皆春景，詩言「亂飄千尺雨」，亂、雨已暗寓悲凄之心情。於春日美景中，「舊堤却認門前樹」，「十年此地扁舟住」，引起懷舊述往之追憶。

主人愛客錦筵開，水閣風吹笑語來。
畫鼓隊催桃葉伎，玉蕭聲出柘枝臺。
輕靴窄袖嬌妝束，脆管繁弦競追逐。
雲鬟子弟按霓裳，雪面參軍舞鸜鵒。
酒盡移船曲榭西，滿湖燈火醉人歸。
朝來別奏新翻曲，更出紅妝向柳堤。

此鴛湖盛時，歌舞宴飲，賓客交歡之狀。華辭美藻，迭相摹繪，猶如錦上添花，極力鋪張歡樂鼎盛之情氛。

歡樂朝朝兼暮暮，七貴三公何足數？
十幅蒲帆幾尺風，吹君直上長安路。
長安富貴玉驄嬌〔註22〕，侍女薰香護早期。
分付南湖舊花柳，好留烟月伴歸橈。

崇禎十一年，吳昌時授行人，赴官北去，鴛湖賓客盛況暫告中止。而爲官在朝，自另有一番榮盛。不意吳昌時以事棄市。次年國破，海內塗炭。歡樂情景急轉直下。

那知轉眼浮生夢，蕭蕭日影悲風動。
中散彈琴竟未終，山公啓事成何用？
東市朝衣一旦休，北邙坏土亦難留。
白楊尚作他人樹，紅粉知非舊日樓。
烽火名園竄狐兔，畫閣偷窺老兵怒。
寧使當時沒縣官，不堪朝市都非故！

人亡國破，竹亭湖墅亦難逃摧殘噩運。煙月美景，歌舞盛樂，轉眼竟

〔註22〕程箋本、吳注本作「驕」。

成南柯一夢。昔日名園，一經烽火，淪爲狐兔巢穴。亭臺樓閣，則爲老兵所霸占。此處滄桑之感，除去悼亡友，歎盛衰外，亦兼悼故國，哀慟朝變，更由國破人亡，悲歎人生艱難，苦海無涯。

我來倚棹向湖邊，烟雨臺空倍惘然。
芳草乍疑歌扇綠，落英錯認舞衣鮮。
人生苦樂皆陳迹，年去年來堪痛惜。
聞笛休嗟石季倫，銜杯且效陶彭澤。
君不見白浪掀天一葉危，收竿還怕轉船遲。
世人無限風波苦，輸與江湖釣叟知。

順治四年，距吳昌時離湖赴京恰滿十載，梅村重訪故地，已樓臺荒蕪，人事全非，無復舊日歌舞歡樂盛況。昔日勝事，唯經由落英芳草之錯覺，可略資追憶憑弔。盛衰之迹既無常，且亦無奈。世人生涯，猶如行舟於掀天巨濤中，爲無限艱苦之歷程。而風波無邊，甚者且喪失寶貴性命！所謂「收竿還怕轉船遲」也。目睹如此無情事實，不得不藉「人生喜樂皆陳迹」「銜杯且效陶彭澤」聊以自釋。至「世人無限風波苦，輸與江湖釣叟知」，則以戒語作結，見其痛惜心情綿綿不絕，煙渺無窮矣。

〈後東皐草堂歌〉，亦寫國亡人去之後，名園衰殘。歌云：

一朝龍去辭鄉國，萬里烽烟歸未得。
可憐雙戟中丞家，門帖淒涼題賣宅。
有子單居持户難，呼門吏怒索家錢。
窮搜廢簏應無計，棄擲城南五尺山〔註23〕。
任移花藥鄰家植，未翦松杉僧舍得。
漁舟網集習家池，官道人牽到公石。
石礎雖留不記亭，槿籬還在半無門。
欹橋已斷眠僵柳，醉壁誰扶倚瘦藤。
尚有荒祠叢廢棘，豐碑草沒猶堪識。

〔註23〕靳覽本引張如哉曰：「五尺應作尺五。」吳注本亦引鄭樵《通志》：「城南韋杜，去天尺五」爲注。

　　塒前田父早歌呼，陌上行人增歎息。

東皋爲瞿式耜所居，亭園之勝，乃常熟之冠。明亡，瞿式耜受福王召，以僉都御史巡撫廣西，甫抵梧州，南都已覆，遂退居廣東。後擁立桂王，留守桂林。其子瞿世瑞「門戶是懼，故山別墅皆荒蕪斥賣，無復向者之觀。」〔註24〕本段所寫荒涼殘破之象，即瞿世瑞斥賣山墅之時。勝園沒落，令人不忍卒睹。詩人造訪故地，懷悲賦詩，亦不堪其情。故末段云：

　　我來草堂何處宿？挑燈夜把長歌續。

　　十年舊事總成悲，再賦閒愁不堪讀。

　　魏寢梁園事已空，杜鵑寂寞怨西風。

　　平泉獨樂荒榛裏，寒雨孤村聽暝鐘。

盛衰之歎，猶如杜鵑聲聲怨啼。夜聽暝鐘，可見愁人懷悵難眠。寒雨孤村，情景淒涼已極。而晚鐘響送，傳入懷悲未能成眠之宿客耳中，悲涼心情亦有如鐘聲傳揚，悠遠無盡。

其餘感嘆興衰，流露滄桑愁情之作，尚有〈思陵長公主輓詩〉、〈吳門遇劉雪舫〉、〈蕭史青門曲〉、〈雒陽行〉、〈永和宮詞〉、〈臨淮老妓行〉、〈礬清湖并序〉、〈遇南廂園叟感賦八十韻〉等可代表。試再舉一例以觀，〈思陵長公主輓詩〉云：

　　偶語追銅雀，無聊問柏梁。豫游推插柳，勝蹟是梳妝。

　　菡萏鴛鴦扇，茱萸鸚鵡觴。大庖南膳廠，奇卉北花房。

　　暖閣葫蘆錦，溫泉荳蔻湯。雕薪獅首炭，甜食虎睛糖。

　　壯麗成焦土，榛蕪拱白楊。麋游鳷鵲觀，苔沒鬭雞坊。

昔盛今衰，景物皆改之狀，前後對照，滄桑之情，油然生焉。

實際而言，梅村閱歷興亡，飄零異代，無論哀慟家國，悲苦零落，抑惆悵滄桑，實皆隨時隨地充塞於詩篇。即以〈吳門遇劉雪舫〉爲例，雪舫自談生平既畢：

　　當時聽其語，剪燭忘深更。長安昔全盛，曾記朝元正。

　　道逢五侯騎，頎皙爲卿兄。即君貌酷似，豐下而微黔。

〔註24〕《梅村詩話》，《家藏稿》，卷五八，頁8。

貴戚諸舊游，追憶應難眞。依稀李與郭，流落今誰存？
君曰：「欲我談，清酒須三升。舊時白石莊，萬柳餘空根。
海淀李侯墅，秋雁飛沙汀。博平有別業，乃在西湖濱。
惠安蓄名花，牡丹天下聞。富貴一朝盡，落日浮寒雲。
走馬南海子，射兔西山陰。路傍一寢園，御道居人侵。
碑鐫孝純字，僵石莓苔青。下馬向之拜，見者疑王孫。
詢是先后姪，感歎增傷心。落魄游江湖，蹤跡嗟飄零。
傾囊縱蒱博，劇飲甘沈淪。不圖風雨夜，話舊同諸君。
已矣勿復言」，涕下沾衣襟。

雪舫因答客問，而敘及外戚園林之盛衰變化。問以貴戚，答以莊墅，乃舉地之殘破，代表人之流落。此見滄桑之感，與漂落之悲。再藉外戚莊園殘破，表徵國家社稷之衰亡，此又見家國之慟。詩敘寢園御道爲居民侵佔，墓石倒臥土中，青苔爬生其上，實爲國破呈現具體而微之景象。劉雪舫落魄飄游行跡，復爲諸外戚流落之具體見證。於是外戚飄零之苦具實可見，滄桑盛衰之愁歎，國亡家破之傷痛，亦同時交顯其中。

四、惋憐生民

「生逢天寶亂離年」之吳梅村，所觸所感，可謂皆以時代動亂爲其根源。時代動亂，征戰殺伐，人民慘遭屠戮流離，敘事詩內亦留下覈實紀錄。凡此類詩作，乃悲天憫人，哀惋黎民之情充塞，見其人道主義胸懷。如〈閬州行〉云：

盡道是葭萌，殺人滿川陸。積屍峨嵋平，千村惟鬼哭。……
悠悠彼蒼天，於人抑何酷！城中十萬户，白骨滿崖谷。
官軍收城都，千里見榛莽。設官尹猿猱，半以飼豺虎。
尚道是閬州，此地差安堵。民少官則多，莫恤蜀人苦。
淒涼漢祖廟，寂寞滕王臺。子規叫夜月，城郭生蒿萊。
只有嘉陵江，江聲自浩浩。我欲竟此曲，流涕不復道。

此敘崇禎十七年張獻忠陷蜀，血染全川之狀。景象慘然，令人髮指。詩中運用誇張形容與呼告語氣，情緒激昂，顯見其胸臆之悲憤。譴責戰伐，痛悼生民，情感至爲強烈。又如：

吾欲竟此曲，此曲哀且悲。茫茫海內風塵飛。
一身不自保，生兒欲何爲？君不見堇山兒！

此爲〈堇山兒〉末段，述少兒流離歸來後，慨然而發浩歎。海內鼎沸，夫不保其妻，父不保其子，以致輾轉泥塗，備嚐艱困。「一身不自保，生兒欲何爲」一語，乃至於不欲兒生，慟惋之甚，可謂聲淚俱下矣。烽火父母之哀，苦海蒼生之痛，盡傾其中。

又〈遇南廂園叟感賦八十韻〉有云：

老翁見話久，婦子私相商。人倦馬亦疲，翦韭炊黃粱。
慎莫笑貧家，一一羅酒漿。從頭訴兵火，眼見尤悲愴：
「大軍從北來，百姓聞驚惶。下令將入城，傳箭需民房。
里正持府帖，僉在御賜廊。插旗大道邊，驅遣誰能當？
但求骨肉完，其敢攜筐箱！扶持雜幼稚，失散呼耶孃。
江南昔未亂，閭左稱阜康。馬阮作相公，行事偏猖狂。
高鎮爭揚州，左兵來武昌。積漸成亂離，記憶應難詳。
下路初定來，官吏蹁貪狼。按籍縛富人，坐索千金裝。
以此爲才智，豈曰惟私囊。今日解馬草，明日修官塘。
誅求卦到骨，皮肉俱生瘡。野老讀詔書，新政求循良。
瓜畦亦有畔，溝水亦有防。始信立國家，不可無紀綱。
春來雨水足，四野欣農忙。父子力畊耘，得粟輸官倉。
遭遇重太平，窮老其何妨！」薄暮難再留，暝色猶青蒼。
策馬自此去，悽惻摧中腸。顧羨此老翁，負耒歌滄浪。
牢落悲風塵，天地徒茫茫。

此詩作於順治十年梅村赴京途中，藉老翁口述，寫金陵兵禍。「大軍從北來」指清兵南下。強徵民屋，百姓流散，此爲禍一。而追究積漸成禍之因由，則「馬阮作相公，行事偏猖狂」也。百姓遭其猖狂之亂政，亦爲一禍。「下路初定來，官吏蹁貪狼」指清人初據江南時，政局未穩，官吏貪暴，殘害生民，此又一禍。政治黑暗，民不聊生。黔首之痛，日復一日。〈直溪吏〉、〈臨頓兒〉、〈蘆洲行〉、〈捉船行〉、〈馬草行〉等作內，均可見「官吏蹁貪狼」情狀。如〈直溪吏〉：

直溪雖鄉村，故是尚書里。短棹經其門，叫聲忽盈耳。
一翁被束縛，苦辭橐如洗。吏指所居堂：「即貧誰信爾？
呼人好作計，緩且受鞭箠！」穿漏四五間，中已無窗几。
屋梁紀月日，仰視殊自恥。昔也三年成，今也一朝毀。
貽我風雨愁，飽汝歌呼喜。官逋依舊在，府帖重追起。
旁人共欷歔，感歎良有以。東家瓦漸稀，西舍牆半圮。
生涯分應盡，遲速總一理。居者今何栖？去者將安徙？
明歲留空村，極目惟流水。

詩述老翁被催租惡吏所逼，以至於拆屋供吏〔註25〕，然屋拆之後，逋租如故。蓋均為貪吏中飽私囊矣。「居者今何栖？去者將安徙？」言天地至大，却不見可供平民立足之地，悲慘至此。前〈遇南廂園叟感賦八十韻〉一作所述「遭遇重太平，窮老其何妨」，語理之眞，由此可得明證。亦知民情之痛，已無可復加。「明歲留空村，極目惟流水」，一方面形容人去村空，僅餘流水悠悠。深入細味，則水聲嗚咽，彷彿可聞，又彷彿即百姓哭訴而嗚咽之聲。其水流不盡，亦彷彿黎民哀泣，淚湧不絕也。

此般遍野哀鴻之狀，詩人豈能無感？自戰前至戰後，人民苦難不絕，實令人難禁悲懷。故〈遇南廂園叟感賦八十韻〉所謂「悽惻催中腸」者，即憫黎民，悲動亂，而心傷腸摧也。再細玩詩意，則所悲尚不止此，「直溪雖鄉村，故是尚書里」，又透過老翁「江南昔未亂」之追述，知其惋憐生民外，並進而有一層戀憶故國之情〔註26〕。遇南廂園叟時，梅村正應召赴都，故結處云「顧羡此老翁，負耒歌滄浪」者，實乃羡其逍遙於江湖之上，無受仕祿束縛，亦無失節之虞也。於是哀憫黎民，憶懷故國，感傷己身出處失據等悲情，交迸流露於一詩之中，既濃且深，遂令閱者不能不「一讀一纏綿」矣。

生逢亂世之吳梅村，身心苦痛，皆源於時代巨變。其時代之變與國社頹圮，實互為表裏，於是家國之感生焉。而社會動亂，導致士民

〔註25〕靳榮藩注：「穿漏四五間以下，拆屋供吏，而逋租如故。」從之。
〔註26〕可參本節前論「家國之慟」引〈遇南廂園叟感賦八十韻〉所述。

流盪飄零，先是輾轉溝壑，性命不保，後又因官吏貪狠，無以爲生。即梅村再仕失節，亦莫非時亂國亡，爲求全身保家，不得不仰事新朝。其無數悲情，交織於敘事篇章中，藉紀述事實，以作具體又有明證可驗之傳達，今讀者既聞其事，亦體其情。敘事、傳情，兩擅其妙。創作之旨，可謂臻於極致矣。

上述而外，復如〈哭志衍〉，詳敘志衍一生事蹟，及與己自幼至長交誼，而痛喪友、哀死別之情，顯現於詩中。又如〈臨江參軍〉與〈雁門尚書行并序〉，詩人並未直誦哀辭斥語，但敘述事實始末，史筆已寓其中。痛斥權臣掣肘之罪，哀贊忠良殉國之烈。著史筆，寓褒貶，且傳其一怒一敬、一憤一悲之情。此三作，所表情感又在前述四大項外，是知梅村作品，涵情豐富，隨詩洋溢。其穿梭繁複，宜從容玩味，多方神會以得之。

總括以言，吳梅村敘事詩所蘊情感，率深沈抑鬱，淒涼哀婉，蓋「生逢天寶亂離年」「蒼涼閱盡興亡迹」〔註 27〕之故。《四庫全書總目提要》云：「及乎遭逢喪亂，閱歷興亡，激楚蒼涼，風骨彌爲遒上」〔註 28〕是也。然則，沈鬱哀婉，蒼涼激楚，是爲其敘事詩風格之一大特色也。

第二節　思　想

吳梅村敘事詩所涵情感已如上述，今擬進一步探討，其幽深感情背後，透露何種意識型態。易言之，究爲何種思想意識，致使梅村面對際遇、時代，產生如斯深沈哀婉之心情反應？夫思想恒爲人行動主導，而思想之生成，又每受環境、遭際之刺激與影響，故吾人察探梅村思想時，亦宜多方聯繫其環境背景與行動表現，並研索其中因果影響。

〔註 27〕〈臨淮老妓行〉。

〔註 28〕卷一七三，商務印書館，第四冊，頁 581。

一、尊　君

〈殿上行〉一詩旨在紀黃道周行誼風範，而其結處云：

吾聞孝宗宰執何其賢！劉公大夏戴公珊。
夾城日移對便殿，造膝密語爲艱難。
如今公卿習唯唯，長跪不言而已矣。
黃絲歷亂朱絲直，秋蟲踽曲秋雕起。
嗚呼！拾遺指佞乃史臣，優容愚戇天王仁。

「拾遺指佞乃史臣」爲對黃道周贊語，「優容愚戇天王仁」則指崇禎皇帝由於仁心，而包容「長跪不言」「習唯唯」之庸碌公卿。謂其仁心包容，實乃爲君王開解之辭，質言之，意即謂崇禎無用人之明。據計崇禎一朝十七年中，用宰相達五十人。輕信輕疑，以致置相如奕棋。邊疆重臣，亦迭進迭黜，且動輒殺戮。《明史》〈鄭崇儉傳〉云：「帝自即位以來，誅總督七人。」〈顏繼祖傳〉云：「巡撫被戮者十有一人。」〔註 29〕其中以崇禎三年中反間計，誅袁崇煥，壞明季疆事最鉅。而思宗猶自謂：「朕非亡國主，諸臣盡爲亡國臣矣」〔註 30〕，自縊煤山，衣前則書曰：「皆諸臣誤朕」〔註 31〕，殊不知用亡國之臣者誰乎？蓋崇禎剛愎自用，卞急多疑，以致雖一意圖強，而卒殉社稷。然梅村詩中屢爲之諱。如「至尊宵旰誰分憂？挾彈求鳳高墉謀」（〈殿上行〉），意謂乃諸臣無謀誤國，至於君王，則強調其宵旰憂勞。又如「辛苦十七年」（〈吳門遇劉雪舫〉）、「君王宵旰無歡思，宮門夜半傳封事」（〈永和宮詞〉）、「一人勞悴深宮裏」（〈琵琶行並序〉）等，皆顯其憂悴國是，辛勤圖治一面，於其用人不明，失守社稷，則同情意味甚是濃厚。即〈遇南廂園叟感賦八十韻〉所云「得之爲將相，寧復憂封疆」，亦歎國臣無人，而未敢論及君王。此實自孔子作《春秋》以來，尊君思想傳統之表現。亦因崇禎確有圖治之勤，雖無知人之明，致難挽狂瀾，

〔註 29〕分見《明史》，卷二六〇、二四八，鼎文書局，頁 6744、頁 6425。

〔註 30〕《崇禎實錄》，卷十七，頁 10，中研院史語所校印本明實錄附錄之二。

〔註 31〕同前註，頁 18。

其情終亦可憫。梅村位居人臣，不敢上論君王，其於崇禎皇帝，心既悲之，復亦尊崇之。

〈臨江參軍〉尊君之表現益顯：

去年羽書來，中樞失籌策。桓桓尚書公，提兵戰力疾〔註32〕。
將相有纖介，中外爲危慄。君拜極言疏，夜半片紙出。
贊畫樞曹郎，遷官得左秩。天子欲用人，何必歷顯職？
所恨持祿流，垂頭氣默塞。主上憂山東，無能恃緩急。

楊廷麟上疏彈劾楊嗣昌主和之非，楊嗣昌大怒，詭稱廷麟知兵，帝遂出廷麟兵部主事，參盧象昇軍事。「天子欲用人，何必歷顯職」，正婉爲天子解。持祿之流無能爲天子解憂，然天子不察，反爲所蔽，致忠耿之臣貶逐謫外，梅村其心實有不平，而因尊崇君上，不言天子無知人之明，反謂用人何必顯職。至於海寓紛紜，國是如麻，則怪罪諸臣庸懦，無能解憂。後盧象昇陣亡殉國，監軍中官高起潛不言其死狀，楊嗣昌疑之，詔下驗視，廷麟以象昇餉乏兵單、高起潛擁兵不援等實狀疏對，豈知再遭覆轍：

詔下詰死狀，疏成紙爲濕。引義太激昂，見者憂讒疾。
公既先我亡，投跡復奚恤！大節苟弗明，後世謂吾筆。
此意通鬼神，至尊從薄謫。生還就畊釣，志願自此畢。

楊廷麟再以直言獲譴而辭官歸里。朝廷實處置不當，天子爲權臣所蔽，始陷良將於死，繼貶直臣於外，而梅村爲尊者諱，謂「此意通鬼神，至尊從薄謫」，反說天子恤其忠義，貶謫從輕。婉轉爲言，其實正爲天子舉措失察之證。此中微言深義，亦有如春秋筆法。

二、排　清

據行狀載，甲申之變，梅村里居，「攀髯無從，號慟欲自縊。爲家人所覺，朱太淑人抱持泣曰：『兒死，其如老人何？』〔註33〕乃已。當明之亡，士大夫同赴國難，或一死以報君王，或集眾抗清、不屈不

〔註32〕四庫本與三家注本作「疾力」。
〔註33〕《碑傳集》，錢儀吉纂，卷四三，頁18，光緒十九年江蘇書局校刊本。

撓者，實不勝其數，其死狀之慘烈，足驚天地泣鬼神。梅村雖自縊不果，而故君之思，時時流露於詩篇，其愛國忠君之精神，誠不容抹煞。然既入清世，苟存於籬下，自不敢顯言斥清，有時因現實環境之故，尚須逢迎獻誠一番〔註34〕，惟經由部分敘事之作，吾人仍可鈎取其涓滴婉曲之排清意識。如〈蘆洲行〉：

江岸蘆洲不知里，積浪吹沙長灘起。
云是徐常舊賜莊，百戰勳名照江水。
祿給朝家禮數優，子孫萬石未云酬。
西山詔許開煤冶，南國恩從賜荻洲。
江水東流自朝暮，蘆花瑟瑟西風渡。
金戈鐵馬過江來，朱門大第誰能顧？
惜薪司按先朝冊，勳產蘆洲追子粒。
已共田園沒縣官，仍收子弟徵租入。
我家海畔老田荒，亦長蘆根豈賜莊？
州縣逢迎多妄報，排年賠累是重糧。
丈量親下稱蘆政，鞭笞需索輕人命。
胥吏交關橫派征，差官恐喝難供應。
江南尺土有人耕，踏勘終無豪占情。
徒起再科民力盡，却虧全課國租輕。
詔書昨下知民病，解頭使用今朝定。
早破城中數百家，蘆田白售無人問。
休嗟百姓困誅求，憔悴今看舊五侯。
只好負薪煨馬矢，敢誰伐荻上漁舟？
君不見舊洲已沒新洲出，黃蘆收盡江潮白。
萬束千車運入城，草場馬廄如山積。
樵蘇猶到〔註35〕鍾山去，軍中日日燒陵樹。

〔註34〕如〈滇池鐃吹四首〉其二詠平雲南，擒桂王由榔事：「苴蘭城闕鬱岧嶢，貝葉金書使者朝。海內徵輸歸六詔，天邊勳伐定三苗。魚龍異樂軍中舞，風月蠻姬馬上簫。莫向昆明話疏鑿，道人知已刦灰消。」《家藏稿》，卷十七，頁4。

〔註35〕四庫本與三家注本作「向」。

〈馬草行〉：

秣陵鐵騎秋風早，廐將圉人索芻藁。

當時磧北報燒荒〔註 36〕，今日江南輸馬草。

府帖傳呼點行速，買草先差人打束。

香芻堪秣飽驊騮，不數西涼誇苜蓿。

京營將士導行錢，解户公攤數十千。

長官除頭吏乾沒，自將私價僦車船。

苦差常例須應免，需索停留終不遣。

百里曾行幾日程？十家蚤破中人產。

半路移文稱不用，歸來符取重裝送。

推車挽上秦淮橋，道遇將軍紫騮鞚。

轅門芻豆高如山，紫髯碧眼〔註 37〕看奚官。

黃金絡頸馬肥死，忍令百姓愁飢寒？

回首滁陽〔註 38〕開僕監，龍媒烙字麒麟院。

天閑轡逸起黃沙，遊牝三千滿行殿。

鍾山南望獵痕燒，放牧秋原見射雕。

寡坙雕胡供伏櫪，不堪園寢草蕭蕭。

考梅村詩紀入清後事者，多隱晦艱澀，撲朔難明，如〈讀史雜感十六首〉〔註 39〕、〈江上〉、〈古意六首〉、〈讀史有感八首〉、〈題冒辟疆名姬董白小像八首〉、〈仿唐人本事詩四首〉〔註 40〕、〈清涼山讚佛詩四首〉等，均惝恍迷離，意旨晦澀，令後人疑爭不休。蓋梅村爲現實環境所窘，攝於清人高壓政策，如〈行狀〉所云：「每東南獄起，長慮收者在門，如是者十年」〔註 41〕，故難於直抒所見。其敘事詩述清廷朝

〔註 36〕四庫本與三家注本作「起蒲捎」。蒲捎爲千里馬名，此以泛指馬。燒荒則謂守邊將士，每至秋月草枯，出塞縱火，使虜馬無水草可恃，爲清野策略。

〔註 37〕四庫本與三家注本作「長衫沒髁」。

〔註 38〕四庫本與三家注本作「當年」。

〔註 39〕四庫本與三家注本僅收前十首。

〔註 40〕六詩依次見於《家藏稿》，卷四，頁 2～4；卷十五，頁 4；卷二十，頁 5～6；頁 1～2；頁 4～5；頁 6。

〔註 41〕《碑傳集》，錢儀吉纂，卷四三，頁 19，光緒十九年江蘇書局校刊

事者，亦呈現另一型態：一則因有犯忌之虞，不復直賦其人其事，如〈清涼山讚佛詩四首〉。二則筆鋒轉向黎民，如〈堇山兒〉、〈蘆洲行〉、〈馬草行〉、〈捉船行〉、〈直溪吏〉、〈臨頓兒〉、〈遇南廂園叟感賦八十韻〉、〈打冰詞〉、〈再觀打冰詞〉等均是。另一值得注意之現象，則所述多吏治腐敗，民不聊生事件。除〈清涼山讚佛詩〉外，上述諸作並〈茸城行〉皆然。

前引二詩，一敘蘆課，次述輸運馬草，皆暴露清廷稅賦累民與官吏貪污之弊病，且顯現極強烈之故國追思。於有意無意間，指控清廷，而藉控訴清世官吏之貪橫，宣洩其斥清情緒。梅村入清後，敘事詩多述吏治腐敗，欺壓黎民之事，似亦藉清吏欺壓百姓之敗行，塑造清廷醜惡形象，而表達對清人入關之抗議。此排清意識之所以形成，乃由戀憶故國外，亦因清廷以異族入主，改易中土衣冠。民族文化淪毀之慟，令知識分子尤不能忍。梅村雖性格優柔，死殉不成，遁迹空門亦不成〔註42〕，又不能效陳子龍〔註43〕等抗清就義，亦不能如顧炎武之棄家他遊〔註44〕，然尚不至與媚事新朝者同流，故以婉轉委曲方式，傳達其排清意識。事實上，透過家國之感，哀悼故君，梅村對清人入關，亦已間接表達其沉痛抗議。

三、尚名節

本。又案：〈行狀〉當本〈與子暻疏〉所云：「每東南有一獄，長慮收者在門，及詩禍史禍，惴惴莫保。十年危疑稍定……。」《家藏稿》，卷五七，頁5。

〔註42〕〈贈願雲師并序〉序云：「願雲二十而與予游，甲申國變，常相約入山。予牽帥不果，而師已悟道受法於雲門具和尚。」詩有句：「不負吾師言，十年踐前諾。」約十年之期，欲踐前諾。《家藏稿》，卷一，頁6。又〈喜願雲師從廬山歸并序〉則云：「亂離兄弟恨，辜負十年盟。」其入山之志終不果。《家藏稿》，卷十三，頁4。

〔註43〕陳子龍，字臥子，華亭人。順治二年起義松山，順治四年被執，押送途中投水自沉。

〔註44〕顧炎武，字寧人，崑山人。明亡後，曾與楊永言等舉兵，事敗，仍屢謀舉事，但終無所成，乃墾牧晉北，卒客死曲沃。

有明盛行講學結社之風，末葉東林黨爭與甲申之變，社集中人皆表現獨立不屈與成仁取義之人格精神〔註45〕。梅村早年即入復社，明亡後，先有自縊之舉，再有入山之志，亦社集中氣節相期，風義薰染下之表現。士人氣節精神之實踐所致，雖未克反清復明，明室却也因此祚延十七年之久。鄭氏據臺抗清，且至康熙二十二年始爲敉平。致使清人入關四十年後，方完成一統版圖。士林「不事二主」之節操思想，益令自縊、入山皆不果之吳梅村，於「流涕登車」之際，深覺愧怍，同時迫於現實，又感無奈。

〈送何省齋〉云：

我行感衰疾，腰脚增疲曳。可憐扶杖走，尚逐名賢隊。
薄祿貪負閒，憂責仍不細。扈從游甘泉，淅淅驚沙厲。
藉草貧無氊，僕夫枕以塊。霜風帽帶斜，頭寒縮如蝟。
入門問妻孥，呻吟在牀被。幼女掩面啼，燈青照殘穗。
白楊何蕭蕭，銜泥送歸櫬。爾死顧得還，我留復誰爲？
旁有親識人，通都走聲利。厚意解羈愁，盛言推名位。
不悟聽者心，怛若芒在背。忽接山中書，又責以宜退。
卿言誠〔註46〕復佳，我命有所制。總未涉世深，止知乞身易。

垂垂老者，腰脚衰遲，仍扶杖逐隊而行，經如此形象之描繪，鮮明表達梅村迫於現實而再仕之無奈心情。詩句刻劃貧寒與妻孥困窘情狀，更著意塑造「京師非其居地」意象，極力表明事清非其所願，名位非其所戀。貳臣失節，皆環境所逼；大行有虧，己亦惴惴不安，所謂「怛若芒在背」者是。然命有所制，無可如何也。「我命有所制」「總未涉世深，止知乞身易」等句，流露其無奈幽怨之心聲。

此詩以外，復由〈礬清湖并序〉：「天意不我從，世網將人驅」「一官受逼迫，萬事堪欷歔」，與〈贈家侍御雪航〉：「我來客京師，一身似匏繫」等自述，以觀梅村在京三年心境，實無時不受「虧負名節」一念之鞭責。節操意識之箠楚如是其深！蓋緣於梅村自責之外，友朋

〔註45〕 參《明末清初的學風》，謝國楨著，仲信出版社，頁7～14。
〔註46〕 《家藏稿》作「仍」，此從四庫本與三家注本。

相勉相規，亦形成外在強大壓力。〈送何省齋〉「忽接山中書，又責以宜退」句，程穆衡箋曰：「爾時崑山葛芝及公門人朱汝礪輩，皆嘗致書規勸。」〔註 47〕赴清召之前，侯方域亦嘗貽書，諫其勿出。此外，梅村友，如黃道周〔註 48〕、瞿式耜〔註 49〕、楊廷麟〔註 50〕、姜曰廣〔註 51〕、陳子龍〔註 52〕等人，皆集兵抗清，死而後已，以實際行動完成其護衛民族國家之氣節。相形之下，失節再仕之吳梅村，益爲無地自容。〈與子暻疏〉中痛陳失身，言「此吾萬古慚愧，無面目以見烈皇帝及伯祥〔註 53〕諸君子，而爲後世儒者所笑也」〔註 54〕，心境之淒苦至此，實皆名節思想鞭責所致。

四、主歸隱

「邦有道則仕，邦無道則隱」乃自先秦以來我讀書人固有之意識。現實黑暗，有志者不得竟抒抱負時，部分士子便回歸田園，隱居絕世。當明末國變世亂，部分烈士起義抗清，爲國捐軀，另有許多士子，或遁迹空門，或歸隱山林，堅不受清徵召。其時，吳梅村有出世之約，而卒未履〔註 55〕。然於申、酉間購梅村，即有隱居著述以終老之思。後雖迫於徵召，不遂本願，敘事詩中仍屢陳歸志。唯若由〈送何省齋〉之自白以觀，則方年壯名盛之時，已然萌掛冠之意。

〔註 47〕「忽接山中書，又責以宜退」吳注本引侯方域〈與吳駿公書〉爲注，與程箋本異。

〔註 48〕順治二年，南都亡，黃道周擁立唐王，自請募兵江西，號召羣帥。與清戰於江寧，被執遇害。

〔註 49〕唐王敗，瞿式耜迎立桂王於梧州，後留守桂林，封臨桂伯。順治七年，清軍克桂林，死之。

〔註 50〕順治三年，清兵逼贛州，楊廷麟與萬元吉固守，自四月至十月，卒城破死之。

〔註 51〕順治五年，清降將金聲桓反正歸明，迎姜曰廣以資號召。六年，清兵克南昌，姜曰廣投偰家池死。

〔註 52〕見註 43。

〔註 53〕伯祥即楊廷麟，字伯祥。

〔註 54〕《家藏稿》，卷五七，頁 5。

〔註 55〕見註 42。

我昔少壯時，聲華振儕輩。講舍雞籠巔，賓朋屢高會。
總角能清譚，君家好兄弟。緩帶天地寬，健筆江山麗。
憑闌見溢口，傳鋒響笳吹。海寓方紛紜，虛名束心意。
夜半話掛冠，明日扁舟繫。問余當時年，三十甫過二。
採藥尋名山，筋力正強濟。濯足滄浪流，白雲養身世。
長放萬里心，拔腳風塵際。

崇禎十二年，梅村三十一歲，升南京國子監司業。此所言「講舍雞籠巔」「問余當時年，三十甫過二」，即謂崇禎十三年，在職南雍時。崇禎十二年夏，張獻忠反於穀城，伏匿商雒山中之李自成亦號召羣眾響應。恰逢河南饑荒，飢民蠭起影從，寇勢大張，其燄熾極。「傳鋒響笳吹」「海寓方紛紜」者指此。海內動盪不安，又感虛名束心，不得自由，遂有「夜半話掛冠，明日扁舟繫」之語。「邦無道則隱」之意識，此已可見。唯其時梅村尚爲「翽翽九臯唳」之「雲中鵠」（〈送何省齋〉）急流湧退，殊爲不易。掛冠繫扁舟，終究未能履行。逮至明亡，始益思拔腳風塵，濯足滄浪。然已望重東南，虛名在身。較當年「夜半話掛冠」之時，益發不得自由。後迫於徵召，有失節之虧，則其念益切，其情益哀。

我亦滄浪釣船繫，明日隨君買山住。（〈東萊行〉）

生涯免溝壑，身計謀樵漁。買得百畝田，從子游長沮。
（〈礬清湖并序〉）

顧羨此老翁，負耒歌滄浪。牢落悲風塵，天地徒茫茫。
（〈遇南廂園叟感賦八十韻〉）

待予同拂衣，徐理歸田計。（〈贈家侍御雪航〉）

一官了婚嫁，可以謀歸畊。（〈送周子俶〉四首）

以上引述，皆明亡後，歸隱山林之思。〈東萊行〉作於赴召再仕之前。〈礬清湖并序〉所述，爲自礬清湖避亂歸來，所謂「生涯免溝壑」後之心情。此時乃以先朝遺臣之身，立歸隱絕宦之意。然終應徵召，有北山之移。〈遇南廂園叟感賦八十韻〉所敘，爲順治十年入都途中，遇南京國子監舊役事，彼此避世全節之願已然落空，徒對負耒逍遙之老翁寄予羨慕，而爲己身志願不遂，復淪落風塵致悲。〈贈家侍御雪航〉作於在京時，見其未忘情於歸隱。「一官了婚嫁，可以謀歸畊」乃贈周子俶語，謂俗務責任既了，即可卸官還山。凡此，歸隱意識之流露，均甚爲顯明。

五、非　戰

〈松山哀〉云：

拔劍倚柱悲無端，爲君慷慨歌松山。
盧龍蜿蜒東走欲入海，屹然搘拄當雄關。
連城列障去不息，茲山突兀煙峰攢。
中有壘石之軍盤，白骨撐距凌巑岏。
十三萬兵同日死，渾河流血增奔湍。
豈無遭際異？變化須臾間。
出身憂勞致將相，征蠻建節重登壇。
還憶往時舊部曲，喟然歎息摧心肝。
嗚呼！玄菟城頭夜吹角，殺氣軍聲振寥廓。
一旦功成盡入關，錦裘跨馬征夫樂。
天山回首長蓬蒿，煙火蕭條少耕作。
廢壘斜陽不見人，獨留萬鬼填寂寞。
若使山川如此閑，不知何事爭強弱？
聞道朝廷念舊京，詔書招募起春畊。
兩河少壯丁男盡，三輔流移故土輕。
牛背農夫分部送，雞鳴關吏點行頻。
早知今日勞生聚，可惜中原耕戰人！

此詩寫松山之戰，及以松山之戰爲源而導致之後續發展。松山之役，時在崇禎十五年二月，總督洪承疇所率八大將，十三萬兵，爲清軍所破，先後喪士卒凡五萬三千七百餘人。詩云：「中有壘石之軍盤，白骨撐距凌巑岏。十三萬兵同日死，渾河流血增奔湍」，以高度誇張手法，形容士卒犧牲之鉅。一次戰役，犧牲寶貴性命如此之多，而所得者何？「一旦功成盡入關，錦裘跨馬征夫樂」，殺戮生靈所換得者，乃逐鹿中原之勝利。功成業就，江山盡入掌握，故征夫皆樂。然果眞爲樂？果眞爲得？「天山回首長蓬蒿，煙火蕭條少耕作。廢壘斜陽不見人，獨留萬鬼塡寂寞」，戰敗者陣亡，戰勝者入關，天山（此指長白山）故鄉之地，獨留白骨廢壘，寂寞蓬蒿，蕭條零落，反生氣全無。夫兩方爭戰，所爭者疆土、人民，然終乃人民死沒生離，故疆殘敗荒涼，則攘奪爭搶，誠不知意義安在？目的安在？「若使山川如此閑，不知何事爭強弱」一語，已明白控訴戰爭。厭惡之情，盡無掩飾。唯更可悲者，乃苦難似無止境。「聞道朝廷念舊京，詔書招募起春畊」一段，可見前一批生民犧牲，並未換得太平，反招致後一批生民去鄉棄家，遷徙流移。然則犧牲之代價何在？爭戰之意義何在？「早知今日勞生聚，可惜中原耕戰人」，再度譴責戰爭而哀惋黎民，非戰之意，露骨而強烈。

梅村非戰思想，源於目睹生靈塗炭轉徙，又親歷坎壈，深體戰禍之苦。知戰亂徒供爭權者滿足權力慾望，而致芸芸眾生，無邊災難苦痛而已。梅村一如老杜，皆具人道精神，故多有同情黎民，控斥戰爭之作。除〈松山哀〉外，他如〈堇山兒〉、〈避亂六首〉、〈閬州行〉、〈遇南廂園叟感賦八十韻〉，及其他紀述顚沛漂零與生離死別種種事狀之篇章，皆時時流露其非戰思想。此類詩篇，極力於描繪生民流離失所之狀，以襯托戰爭之罪惡。吾人可於其中，親見兵火禍民之酷烈情景。老子嘗云：「夫佳兵者，不祥之器。」（三十一章）由梅村詩中，確有此感。

吳梅村薰染於華夏文化，其觀念意識多承傳統思想而來。而正因思想型態源自傳統，流脈悠久深遠，當其動亂出處之際，所受壓力與自我愧疚乃愈深。蓋既無顏見故君，且又上負古聖賢也。由此以觀，其敘事詩中情感所以哀惋沉慟，當源出此。

第五章　吳梅村敘事詩之表現技巧

凡文學作品，誠莫非作者意象構成品〔註 1〕。無論所寫對象若何，作者皆須運其靈心妙手，予以潤色、改造。吳梅村敘事詩，既以當代眞實事蹟爲題材，經其裁剪、組織，變化融鑄，出而爲具藝術效果之作品，此中成就，實有賴於技巧之高超。是故本章主旨，在於探討人物、事件等素材，經吳梅村敘事詩創作過程，如何塑造、增潤？人物業經塑造出何種形象？其運用手法若何？如何傳述事件，如何鋪展情節，以示讀者？且吳梅村敘事詩多古體長篇，在此種形式體製之內，梅村如何安排組織？其修辭、格律，表現若何？凡此，均統歸於表現技巧內以述之。以下茲分人物塑造、敘述觀點、情節安排、章句技巧四節予以說明。

第一節　人物塑造

人物形象之塑造，顯示吳梅村對筆下人物之行爲與性格之選擇。此種選擇包含對彼等作爲之觀察與感想，乃至於批評與判斷。因含孕批評判斷，故描繪人物形象，往往同時暗藏對該人之價值衡量，亦即寄寓史筆褒貶。今試以明思宗等人爲例，觀其敘事詩中人物形象之塑

〔註 1〕《文學概論》，王夢鷗著，藝文印書館，頁 165。

造，並探究其中所寓史筆。

吳梅村敘事詩中，有〈琵琶行并序〉一首，專敘明思宗「十七年以來事」〔註2〕，此詩而外，涉及明思宗事者，亦另有其篇，如下所引，皆可見吳梅村對明思宗形象之刻劃：

> 一自中原盛豺虎，煖閣才人撤歌舞。……一人勞悴深宮裏，……。(〈琵琶行并序〉)
>
> 先皇早失恃，寤寐求音形。太廟奉睿容，流涕朝羣臣。……辛苦十七年，欲訴知何因？(〈吳門遇劉雪舫〉)
>
> 憂及四方宵旰甚，自家兄妹話艱辛。(〈蕭史青門曲〉)
>
> 君王宵旰無歡思，宮門夜半傳封事。
> 玉几金牀少晏眠，陳娥衛艷誰頻侍？(〈永和宮詞〉)
>
> 至尊宵旰誰分憂？挾彈求鳳高墉謀。(〈殿上行〉)
>
> 主上憂山東，無能恃緩急。(〈臨江參軍〉)

觀以上引述，可見梅村所取，皆崇禎帝孝心思親與憂勞國悴一面，其他行事缺失，如卞急多疑，知人不明等〔註3〕，則隱晦其辭。明思宗五歲失太后，欲求遺像，有傅懿妃，舊與太后同爲淑女，言宮人中狀貌相類者，使后母瀛國太夫人徐氏指示畫工。圖成，帝跪迎，懸之宮中，帝雨泣，六宮皆泣。〈吳門遇劉雪舫〉「先皇早失恃」四句所敘，即爲此事，詩以表揚其孝思。〈琵琶行并序〉「一自中原盛豺虎」二句，爲故中常侍姚公語。乃追述明思宗嘗幸玉熙宮，梨園子弟奏水嬉、過錦諸戲，後以河南寇亂，無心賞樂，遂歌舞盡撤。凡此，均一再突出其憂勤國是，宵旰無歡之形象。梅村之於思宗，雖有「優容愚戇」〔註4〕之微辭，大致說來，仍褒多於貶，讚揚多於譏刺。

再觀其所用筆法，則平實紀陳，賦筆直述，「自家兄妹話艱辛」

〔註2〕〈琵琶行并序〉序文。
〔註3〕可參本論文第四章第二節。
〔註4〕〈殿上行〉。

一語，乃自親情角度摹寫，淺白質樸，不必誇張藻飾，反收親切可信之功。似不經意，然已刻劃思宗憂勤貌像多矣。

另有〈永和宮詞〉，對明思宗、皇后周氏、貴妃田氏，描繪亦均以褒揚爲主。〈永和宮詞〉云：

揚州明月杜陵花，夾道香塵迎麗華。
舊宅江都飛燕井，新侯關內武安家。
雅步纖腰初召入，鈿合金釵定情日。
豐容盛鬋固無雙，蹴踘彈碁復第一。
上林花鳥寫生綃，禁本鍾王點素毫。
楊柳風微春試馬，梧桐露冷暮吹簫。
君王宵旰無歡思，宮門夜半傳封事。
玉几金牀少晏眠，陳娥衛豔誰頻侍？
貴妃明慧獨承恩，宜笑宜愁慰至尊。
皓齒不呈微索問，蛾眉欲蹙又溫存。
本朝家法脩清讌，房帷久絕珍奇薦。
敕使惟追陽羨茶，內人數減昭陽膳。
維揚服製擅江南，小閣爐烟沉水含。
私買瓊花新樣錦，自修水遞進黃柑。
中宮謂得君王意，銀鐶不妒溫成貴。
早日艱難護大家，比來歡笑同良娣。
奉使龍樓貫佩蘭，往還偶失兩宮歡。
雖云樊嫕能辭令，欲得昭儀喜怒難。
綠綈小字書成印，瓊函自署充華進。
請罪長教聖主憐，含辭欲得君王慍。
君王內顧惜傾城，故劍還存敵體恩。
手詔玉人蒙詰問，自來階下拭啼痕。
外家官拜金吾尉，平生游俠多輕利。
縛客因催博進錢，當筵便殺彈箏伎。
班姬才調左姬賢，霍氏驕奢竇氏專。
涕泣微聞椒殿詔，笑譚豪奪灞陵田。
有司奏削將軍俸，貴人冷落宮車夢。

永巷傳聞去玩花，景和門裏誰陪從？
天顏不懌侍人愁，后促黃門召共游。
初勸官家佯不應，玉車早到殿西頭。

上文所引，至田妃被斥而復召一節爲止。靳榮藩注云：「此詩即田妃傳也。」詩既以田貴妃爲主角，故描寫重心在田妃，至「中宮謂得君王意」所述，始及周皇后。「中宮謂得君王意，銀鐶不妒溫成貴。早日艱難護大家，比來歡笑同良娣」四句，寫出周后賢淑寬容之美德。「溫成」爲宋仁宗貴妃張氏謚號，借指田妃。「銀鐶」乃后妃宮女所佩飾物，借指周后。田妃專寵，而周后不妒。其後周、田有隙，田妃斥居啓祥宮，周后不計前嫌，代帝召妃共游，益顯其善體人意，胸懷寬大。與田妃「欲得昭儀喜怒難」「含辭欲得君王惱」之表現對照，修短立見。是爲讚揚之筆。

后妃隙起，田貴妃上書，陽自引罪，暗則微詞構后。「綠綈小字書成印，瓊函自署充華進。請罪長教聖主憐，含辭欲得君王惱」即敘此事。行事不免有瑕，然梅村仍以「班姬才調左姬賢」喻之，並極力描繪其多才多藝，柔美婉轉。「揚州明月杜陵花」以下，暗寫其貌。「豐容盛鬋固無雙」以下，更直陳其才。列述蹴踘、奕棋、書、畫、簫、騎，擅服飾擺設，具明慧柔婉等才性、技藝，敘次委曲詳盡，用辭華美纖麗，極鋪陳排比，摹寫烘托之能事。更以班婕妤、左芬爲比，贊喻其才華，誠褒揚爲主，是以田妃形象，乃得鮮明細膩若此。至於構后一段，寫思宗裁決，云：「君王內顧惜傾城，故劍還存敵體恩」，雖愛寵貴妃，仍以禮節情，不令后少屈，則又見思宗非沉於色之君，亦褒贊之筆。

上述人物之塑造皆爲正面形象，若〈銀泉山〉內寫明神宗寵妃鄭氏，則爲負面形象。

覆雨翻雲四十年，專房共輦承恩顧。
禮數繇來母后殊，至尊錯把旁人怒。
承直中宮侍宴迴，血裏銀鐶不知數。

　　豈有言辭忤大家？蛾眉薄命將身誤！
　　宮人斜畔伯勞啼，聲聲爲怨驪姬訴。
　　盡道昭儀殉夜臺，萬歲千秋共朝暮。
　　宮車一去不相隨，當時枉信南山錮。
　　只今雲母似平生，皓齒明眸向誰妒？

另〈雒陽行〉敘福王常洵事，亦寫及鄭貴妃，茲一併引出。

　　神皇倚瑟楚歌時，百子池邊蒻柳絲。
　　早見鴻飛四海翼，可憐花發萬年枝。
　　銅扉未啓牽衣諫，銀箭初殘淚如霰。
　　幾年不省公車章，從來數罷昭陽宴。

合二詩以觀，則鄭貴妃乃恃寵而驕，專恣狠戾，且具政治野心者。「覆雨翻雲」爲直語斥責。「豈有言辭忤大家」四句乃自宮女角度設問。「宮人斜」爲古葬宮人之所，「伯勞啼」意謂伯勞哀鳴，彷彿宮人死後化身，以鳴聲啼訴其心中怨懟。此自反面敘寫，刺其恣行威怒，草菅人命，猶如春秋晉國惑君亂政，譖害羣公子之驪姬。而後責其君死不殉，有負盛寵〔註 5〕。末句「皓齒明眸向誰妒」出之以設問語氣，更見譏諷之功。〈銀泉山〉一詩，譴責意味極濃，〈雒陽行〉敘述則較委婉曲折。詩以漢高祖與戚夫人，喻明神宗與鄭貴妃，並用戚夫人思立己子趙王如意不成之典，擬鄭妃奪嫡之謀。其用典設喻，措辭甚爲婉曲，然譏貶之意，見於言外。總之，梅村以直斥、譬喻、設問、用典等技巧，塑造鄭貴妃專寵驕恣，野心奪嫡之面目。褒貶之意，露骨而濃烈。

　　對南明福王由崧，形象之塑造又爲另一手法。〈聽女道士卞玉京彈琴歌〉寫弘光帝選后徐氏始末，云：

　　萬事倉皇在南渡，大家幾日能枝梧？
　　詔書忽下選蛾眉，細馬輕車不知數。
　　中山好女光徘徊，一時粉黛無人顧。

〔註 5〕案《明史·后妃傳》載，鄭妃薨於崇禎三年七月，葬銀泉山。《明史》，卷一〇四，鼎文書局，頁 3538。詩謂「宮車一去不相隨」，蓋責未與明神宗共死。

艷色知爲天下傳，高門愁被旁人妒。
盡道當前黃屋尊，誰知轉盼紅顏誤！
南内方看起桂宮，北兵早報臨瓜步。
聞道君王走玉驄，犢車不用聘昭容。
幸遲身入陳宮裏，卻早名塡代籍中。
依稀記得祁與阮，同時亦中三宮選。
可憐俱未識君王，軍府抄名被驅遣。
漫詠臨春瓊樹篇，玉顏零落委花鈿。
當時錯怨韓擒虎，張孔承恩已十年。
但教一日見天子，玉兒甘爲東昏死。
羊車望幸阿誰知？青塚淒涼竟如此！

此詩並未直接陳述福王，但從選后徐氏著筆，然福王昏淫形象已形於字裏行間。明亡，福王立於南京，年號弘光。方此萬事倉皇之際，能否支拄江山社稷，猶未可知，而竟急於選召淑女，無怪乎吳梅村有「大家幾日能枝梧」之譏諷。此詩全段並多用南朝陳後主典，「桂宮」，乃陳後主爲張貴妃所造。「臨春」「瓊樹」，爲陳後主所製曲，大抵皆美寵妾張貴妃、孔貴嬪姿容者。「幸遲身入陳宮裏」，亦以陳宮喻南明宮廷。以昏庸荒淫之陳後主，譬擬弘光帝由崧，則梅村之意已甚顯豁。「當時錯怨韓擒虎，張孔承恩已十年」，謂清兵南下，選妃被驅遣而去，比之陳宮受寵之張、孔二妃，尚且不如。則福王比之於陳後主，亦且不如矣！反諷福王之昏淫，較陳後主乃有過之而無不及。「東昏」原南齊帝，以暴戾恣肆，追廢爲東昏侯。是又喻福王爲恣肆之君，以致帝位不保。總之，皆謂福王荒淫昏朽，只圖女色享樂，唯不直接敘說，乃反述徐氏，從對面寫來，而史筆暗藏。斯亦表現人物形象之妙法。

〈圓圓曲〉刻劃吳三桂，方法與上述類似。詩云：

鼎湖當日棄人間，破敵收京下玉關。
慟哭六軍俱縞素，衝冠一怒爲紅顏。
紅顏流落非吾戀，逆賊天亡自荒讌。

電掃黃巾定黑山，哭罷君親再相見。

此詩除首八句自吳三桂本身著筆外，其下篇幅均從陳圓圓一面立文，寫其漂流及與吳三桂相識、分合經過。正面極寫陳圓圓，裏層亦即從對面極寫吳三桂。「慟哭六軍俱縞素，衝冠一怒為紅顏」「妻子豈應關大計？英雄無奈是多情」「全家白骨成灰土，一代紅妝照汗青」等，以對仗工整之句，或對比強烈，或婉轉陳辭，揭發吳三桂私情誤國之眞面目。雖諷辭曲折，而責意深切。野聞謂吳三桂嘗賷重幣求去此詩，梅村不許〔註6〕。事之虛實，未可確考，然自古史筆嚴於斧鉞，令亂臣賊子心懼，則誠無可疑也。

較吳三桂更早投降於清，皇太極嘗喜喻為盲瞽導者〔註7〕之洪承疇，其形象塑造，則與吳三桂迥異。〈松山哀〉有云：

拔劍倚柱悲無端，為君慷慨歌松山。
盧龍蜿蜒東走欲入海，屹然搘拄當雄關。
連城列障去不息，茲山突兀煙峰攢。
中有壘石之軍盤，白骨撐距凌巑岏。
十三萬兵同日死，渾河流血增奔湍。
豈無遭際異？變化須臾間。
出身憂勞致將相，征蠻建節重登壇。
還憶往時舊部曲，喟然歎息摧心肝。

詩對洪承疇正面著墨亦不多，疑此類筆法，與清初高壓政策有關。蓋恐觸犯禁忌，因文速禍，故於直接敘述時，僅簡筆帶過而已。「出身憂勞致將相」謂洪仕明之時。承疇早歲為剿寇健將，轉戰經年。崇禎十二年，移薊遼總督，始與清兵臨陣。云「出身憂勞」，當指剿寇而言。「征蠻建節重登壇」則指仕清。順治十年，承疇任湖南等五省經略，專責招撫江南事。「還憶往時舊部曲」二句，不責其變節降清，反似有同情之意。靳榮藩謂是語「以歎息摧心歸之承疇，蓋詩人忠厚

〔註6〕見《圓圓傳》所載，陸次雲著，新興書局《筆記小說大觀》五編，頁4265～4268。

〔註7〕《清史稿》，卷二三七，鼎文書局，頁9467。

之旨也。」〔註8〕此固一義。竊謂茲處心理描寫，或亦映合梅村心情而發。據馮沅君考〔註9〕，〈圓圓曲〉作於順治七年前後，是時吳梅村以先朝遺臣之身，懷君亡國覆之慟，故於三桂引兵，語多諷刺。〈松山哀〉之作，則在順治十年、十一年後〔註10〕，梅村已應清召，身列貳臣，其無奈遭遇，與洪氏降清變節恰爲相似。幽怨傷歎心情，此際亦正與其事映合。是故對吳、洪兩降將之描繪，前後迥異。

吳梅村塑造人物，可謂技法繁夥。對比反襯，直述鋪陳，烘托、譬喻、用典、設問、反諷等等，豐富變化，不一而足。另於〈王郎曲〉，又作極度之誇張，以表現王郎傾靡眾人之狀。

王郎三十長安城，老大傷心故園曲。
誰知顏色更美好，瞳神剪水清如玉。
五陵俠少豪華子，甘心欲爲王郎死。
寧失尚書期，恐見王郎遲。
寧犯金吾夜，難得王郎暇。
坐中莫禁狂呼客，王郎一聲聲頓息。
移牀欹坐看王郎，都似與郎不相似。

詩自「五陵俠少豪華子」起，即以高度誇張手法，描寫王郎令眾人如痴如醉情形。上承顏色美好之形容，與瞳神如剪水、其清如玉之譬喻，顯見王郎風流儇巧，伎藝絕世之貌態。

由上所述，吳梅村透過人物塑造，表現褒貶評斷，其詩筆與史才，固宜獲致肯定。又嘗藉描繪具實形象，傳達幽隱心情，其技巧表現，亦已臻高度成就。此外，若純就人物刻劃而言，則摹寫細膩鮮活，眞切生動，於上述所舉諸例，當不難窺其一斑。其中尤以〈永和宮詞〉

〔註 8〕靳覽本，卷六下，頁 10。
〔註 9〕〈吳偉業「圓圓曲」與「楚兩生行」的作期〉，馮沅君，《文史》第四輯，頁 121～124。
〔註10〕據《吳梅村年譜》，崇禎十五年三十四歲條、順治十一年四十六歲條。鈴木虎雄編，《「高瀨博士還曆紀念」支那學論叢》，頁 824、838，日本京都弘文堂書房。又〈吳梅村詩小箋〉說同。周法高，《大陸雜誌》，第十二卷第十一期，頁 334。

寫田貴妃處，更見纖曲細致，婉轉動人。試再觀〈圓圓曲〉一例，而以爲本節小結。

家本姑蘇浣花里，圓圓小字嬌羅綺。

夢向夫差苑裏遊，宮娥擁入君王起。

前身合是採蓮人，門前一片橫塘水。

此六句敘陳圓圓鄉里。寫來風光明媚，乃藉地理景致烘托人物美貌。且以西施爲喻，呈現嬌麗形象。至謂「夢」、「前身」者，則添一分縹緲情氛。

白晳通侯最少年，揀取花枝屢迴顧。

早攜嬌鳥出樊籠，待得銀河幾時渡？……

遍索綠珠圍內第，強呼絳樹出雕欄。

若非壯士全師勝，爭得蛾眉匹馬還？

蛾眉馬上傳呼進，雲鬟不整驚魂定。

蠟炬迎來在戰場，啼妝滿面殘紅印。

此處所引，皆於事件敘述之同時，隨時刻劃圓圓之美貌。如以「花枝」「嬌鳥」爲喻，又比之爲「綠珠」、「絳樹」，再藉「迴顧」「遍索」「強呼」等事烘托，另又有「侯門歌舞出如花」「明眸皓齒」「傾國與傾城」等摹繪與譬喻。運用各式技巧，而隨時隨地，不忘於展現圓圓之美。詩中塑造圓圓形象，可謂用力備至。暨至戰場相見一段，所謂「雲鬟不整驚魂定」「啼妝滿面殘紅印」等語，極其婉曲細膩，所寫美感情態，實已臻於化境。全詩寫圓圓嬌柔美麗之容姿，又交揉其遭際與心情，裏映外襯，情貌交融，已至於無間。吳梅村敘事寫人技巧之高超，此可爲最佳代表！

第二節　敘事觀點

觀點爲敘事技巧中一重要課題，分析小說寫法時尤受注意。同一事件，經由不同觀點描述，可呈現爲不同之面貌。改變觀點，同時亦將改變故事之意義。

一般而言，小說常用敘事觀點有五：一、主角第三人稱觀點。二、主角第一人稱觀點。三、旁觀敘述者觀點。四、客觀觀點。五、全知觀點。〔註 11〕事實上，旁觀敘述者觀點可再區分為第一人稱與第三人稱〔註 12〕。旁觀敘述即選取故事中次要角色作為觀點人物或敘述者，或有以次要人物觀點稱之者。上述各類觀點，除全知觀點外，餘皆為限制敘述。亦即作者僅能透過觀點人物之觀察與思維呈現故事，至於其他人物內心活動，則非所能窺。若欲陳示其他人物之內在心緒，或觀點人物視界以外之活動，勢須經由動作或對話等外見方式傳達。全知觀點，則無所不知，無所不在，可隨時進入任何人物之內心，描述其情感思維，亦可隨時依所需移更時空。設採限制觀點行文，而又須述及非原觀點人物之心緒活動，即產生觀點轉移現象。亦即觀點人物，由原任者改由他人擔任。另亦可連續使用不同人物之觀點，此將形成另一類觀點運用，即「多重觀點」。〔註 13〕

上述觀點云云，雖為小說技巧所用，唯就敘事本質與技巧所需而言，敘事詩自亦不能免於敘事觀點之運用。故吳梅村敘事詩中，即有多種敘事觀點交替使用，以達傳述事件之目的。因茲綜括上述敘事觀點為下列七種，據以研析梅村敘事詩中之觀點問題。

全知觀點

主要人物第一人稱觀點

主要人物第三人稱觀點

次要人物第一人稱觀點

次要人物第三人稱觀點

客觀觀點

多重觀點

〔註 11〕《小小說的寫作與欣賞》，丁樹南編譯，純文學出版社，頁 89。《寫作淺談續集》，丁樹南譯，學生書局，頁 116。

〔註 12〕《小說的分析》，William Kenney 著，陳迺臣譯，成文出版社，頁 65。

〔註 13〕本段論述所據，同前註，頁 55～69。

唯敘事詩與小說，終爲互異之兩類文體，寫作方式亦自有差異，故引用小說觀點以探討吳梅村敘事詩，宜致力於觀念之轉移運用，切勿牝牡驪黃，欲其若合符節，否則將難免有削足適履之弊。故下文論述，務以解析梅村詩敘事觀點之實有現象爲旨，於一般小說常態，或有不同，宜分別以觀。

一、全知觀點

全知觀點基本上屬於第三人稱敘述，由一無名敘述者述說故事。唯敘述者以無所不知之全能者自居，隨時依所需進入人物內心，或轉移時空所在，直接傳述故事發展。故作者寫作最得自由，敘事過程亦最直接，易於展現事件全貌。凡人物、時空較爲複雜，轉換較爲頻仍之故事，運用此種技巧，將較易發揮闡述。

試觀〈銀泉山〉，首四句寫銀泉山下，鄭貴妃陵墓荒涼情形，所謂「玉椀珠襦散草間，云是先朝鄭妃墓」也。而後忽轉寫鄭妃生前，「專房共輦承恩顧」達四十年之久。又忽轉寫宮女怨懟貴妃，「聲聲爲怨驪姬訴」。時間由今而昔，空間由陵墓而宮廷，人物由鄭妃至宮女，且達於宮女內心。其後復回寫貴妃，且加上敘述者之主觀評議。而結尾，又轉寫山下行人：「路人尚說東西李，指點飛花入壞牆」，更點及西李康妃與東李莊妃二人。人物時空，任意轉換，敘述者彷彿萬能之神，隨處而在，隨時而知。吳梅村此種敘事手法，即相當於觀點種類中之全知觀點。

全知觀點乃吳梅村敘事詩最常用者。即其採限制觀點之作，亦多有混用全知觀點，以利故事敘述者。今計運用全知觀點之篇，有〈銀泉山〉、〈永和宮詞〉、〈思陵長公主輓詩〉、〈清涼山讚佛詩四首〉、〈雁門尚書行并序〉、〈松山哀〉、〈殿上行〉、〈贈家侍御雪航〉、〈圓圓曲〉、〈楚兩生行并序〉、〈王郎曲〉、〈蘆洲行〉、〈捉船行〉、〈馬草行〉、〈打冰詞〉、〈再觀打冰詞〉等十六首。

如〈永和宮詞〉，既云周皇后「中宮謂得君王意，銀鐶不妒溫成貴」，寫其內心。又言明思宗「君王內顧惜傾城，故劍還存敵體恩」，田貴妃「含辭欲得君王慍」「獨將多病憐如意」，復謂「頭白宮娥暗嚬蹙，庸知朝露非爲福」。此皆描述人物心中之顧慮、機心、愛念與感觸，出入於四人之內心思維。又如〈圓圓曲〉，起寫吳三桂引兵，「紅顏流落非吾戀，逆賊天亡自荒讌」，以吳三桂爲觀點人物而陳辭，辯其心之所思，非在陳圓圓，所以引兵，亦不因美人被掠。至「夢向夫差苑裏遊」「恨殺軍書底死催」，又進入圓圓思維活動與心情。「長向尊前悲老大，有人夫壻擅侯王」，則轉爲圓圓舊日同伴之心理描寫。自由出入於人物心靈，時間空間，亦隨故事所需，迅速移替。時間至今而昔，復自昔至今。空間則戰場、「田竇家」、「浣花里」故居、宮掖、「長安」、「秦川」等等，隨所需而推移。敘述者隨時出現於事件發生所在，且隨時得知人物內心活動。甚至拋開故事敘述，加進批評申議。如〈銀泉山〉之「只今雲母似平生，明眸皓齒向誰妒」，〈圓圓曲〉之「嘗聞傾國與傾城，翻使周郎受重名。妻子豈應關大計？英雄無奈是多情」，與〈松山哀〉之「若使山川如此閑，不知何事爭強弱」，皆加以議論，且能令讀者有鐵案難移之感。

至於〈蘆洲行〉，有云：「我家海畔老田荒，亦長蘆根豈賜莊」，雖似爲主角第一人稱口吻，然實以全知觀點行文，敘明代賜莊之盛及清人入關後之衰，與江南百姓受困於蘆課之狀，誠非第一人稱主角自述之觀點。此所云「我家」，蓋亦有表徵江南百姓之意。故仍歸本詩於全知敘述，唯於此轉接爲主角第一人稱觀點，「江南尺土有人耕」以下再接回全知敘述。

梅村敘事詩使用全知觀點者，通常即囊括多種觀點，如前述〈圓圓曲〉「恨殺軍書抵死催」云云，呈現爲主要人物觀點，「有人夫壻擅侯王」云云，則又爲次要人物觀點。而就中以主要人物第三人稱觀點較爲多見，試舉二例說明之：

〈圓圓曲〉：

坐客飛觴紅日暮，一曲哀絃向誰訴？

白皙通侯最少年，揀取花枝屢迴顧。
早攜嬌鳥出樊籠，待得銀河幾時渡？
恨殺軍書底死催，苦留後約將人誤。

〈清涼讚佛詩四首〉其一：

漢主坐法宮，一見光徘徊。結以同心合，授以九子釵。
翠裝雕玉輦，丹髹沉香齋。護置琉璃屏，立在文石階。
長恐乘風去，舍我歸蓬萊。

二詩皆以主角——陳圓圓與清世祖爲觀點人物，由其所見所感，敘述事件，展現情節，並描寫其心中情思。是爲主要人物第三人稱觀點。

亦有先採全知觀點，後轉限制觀點者，此與〈蘆洲行〉轉接主要人物觀點類似。如〈贈家侍御雪航〉「我來客京師」以下，與〈楚兩生行并序〉「我念邗江頭白叟」以下，作者吳梅村現身詩中，自述與主要人物之交游，或叮嚀寄語，於是詩篇結尾之敘述，轉爲次要人物第一人稱觀點。

二、次要人物第一人稱觀點

此種觀點，乃作者出現於故事中，自任敘述者或觀點人物，但並非主要人物。如〈閬州行〉起云：「四座且勿喧，聽吾歌閬州」，結云：「我欲竟此曲，流涕不復道」，明言故事敘述者爲作者本人。而以「我有同年翁，閬州舊鄉縣」，由「同年」關係帶出楊芳，展開情節。故事發展中，作者「我」實非重要角色，但以旁觀者眼光，觀看事件推衍，而爲讀者述之。此類敘事手法，即相當於次要人物第一人稱觀點，亦稱旁觀敘述者觀點。

吳梅村敘事詩運用次要人物第一人稱觀點者，數量僅次於全知觀點。計得〈吳門遇劉雪舫〉、〈琵琶行并序〉、〈聽女道士卞玉京彈琴歌〉、〈臨江參軍〉、〈後東皐草堂歌〉、〈閬州行〉、〈哭志衍〉、〈東萊行〉、〈鴛湖曲〉、〈送周子俶四首〉、〈茸城行〉、〈畫蘭曲〉、〈堇山兒〉、〈直溪吏〉等十四首。

如〈臨江參軍〉，前云：「予與交十年，弱節資扶植」，後云：「猶見參軍船，再訪征東宅」，全詩透過梅村觀點，描述楊廷麟其人其事。中云：「一朝敗問至，南望為於邑。忽得別地書，慰藉告親識」，則又藉梅村接獲廷麟書信，由書信內容，報導賈莊之戰暨盧象昇死事。梅村乃以第一人稱口吻傳述故事，但於故事中所任角色，並非主要人物。凡此，故事進行有賴次要人物眼見耳聞，始呈現於讀者面前。彼所未見知之人物活動，讀者亦無從見知。彼非無所不至，亦無法洞悉每一人物之內心反應。故彼所未至之場面，即或有事件進行，亦不得納入敘述，人物內心活動，更無從得知。若為故事情節之必需，則須藉對話等種種外見方式完成之。如〈臨江參軍〉藉楊廷麟書信，敘足楊廷麟貶官後遭遇，及盧象昇殉國事。〈閬州行〉亦藉楊繼生妻劉氏之口白，敘閬州兵火情狀與其身遭遇。

唯吳梅村敘事詩中限制觀點之運用，常未盡嚴謹。或因詩之篇幅短小，表現方式極求精要簡潔，為便利發展情節，展現故事全貌，故而常混用全知觀點以助述說。〈閬州行〉云「我有同年翁」，合乎次要人物第一人稱敘述，但「只君為愛子」以下，敘楊繼生夫婦離合，時空轉換與描述心情之手法，皆混同於全知敘述。〈臨江參軍〉藉楊廷麟書信述盧象昇事，敘述方式彷彿全知全能。若限制觀點與全知觀點之界限分明可劃，則吾人可視之為觀點轉接，如〈鴛湖曲〉中敘吳昌時事，曾轉為全知敘述，「我來倚棹向湖邊」以下，再接回次要人物第一人稱觀點。後文次要人物第三人稱之敘述方式，亦有相同情形，茲不贅述。

至於觀點轉換混用，首忌唧接突兀或脫節。吳梅村敘事作品中，無論全知敘述內不同觀點之轉接，或限制觀點與全知觀點之轉接，絕大部分均流利自然，通達順暢。其例甚繁，不待枚舉。唯亦有突兀不暢者，如採全知敘述之〈王郎曲〉：

往昔京師推小宋，外戚田家舊供奉。
只今重聽王郎歌，不須再把昭文痛。

時世工彈白翎雀，婆羅門舞龜茲樂。

梨園子弟愛傳頭，請事王郎教弦索。

恥向王門作伎兒，博徒酒伴貪歡謔。

「恥向王門作伎兒」兩句，謂王郎也。而上句本謂梨園子弟，突地轉來，未明所指。觀點變換過於迅速，致乍讀之下，頗覺迷惑，此即轉接突兀所致。

又，採次要人物第一人稱觀點之作品中，〈吳門遇劉雪舫〉〈琵琶行并序〉〈聽女道士卞玉京彈琴歌〉等三首，有較為特殊之變化運用。

〈吳門遇劉雪舫〉云：

出門遇高會，雜坐皆良朋。排闥一少年，其氣為幽并。

羌裘雖裹膝，目迺無諸傖。忽然笑語合，與我談生平：

此以作者為觀點人物，敘述遇劉雪舫情形。其後由雪舫口中，道出一段國變及其家盛衰經過。中間並有作者對話，雪舫答述，雪舫於言談中復說明外戚莊園盛衰與己漂流之事狀。就遇劉雪舫，聽其陳述，與其對談而言，此一過程，雪舫為主要人物，作者乃次要人物，作者採第一人稱口吻敘述，為次要人物第一人稱觀點，當無疑議。然就雪舫口述之故事內容以觀，故事敘述者則非作者吳梅村，而當屬劉雪舫。故事內容中之雪舫，居次要角色，並以第一人稱口吻敘述情節發展，是仍屬次要人物第一人稱觀點。其中敘事觀點雖未曾變，唯敘述者，乃有裏外層次上之差異，外一層為作者，裏一層為劉雪舫，是為雙重敘述者。

〈聽女道士卞玉京彈琴歌〉亦具雙重敘述者現象。詩起云：

駕鵞逢天風，北向驚飛鳴。飛鳴入夜急，側聽彈琴聲。

借問彈者誰？云是當年卞玉京。玉京與我南中遇，家近大功坊底路。

末云：

坐客聞言起歎嗟，江山蕭瑟隱悲笳。

莫將蔡女邊頭曲，落盡吳王苑裏花。

此詩乃吳梅村自述聽卞玉京彈琴事，則敘述者乃吳梅村。而詩中卞玉京口述弘光選后及一己遭遇事，則敘述者又爲卞玉京，非作者吳梅村。此亦敘事觀點未變，而敘述者轉換。唯卞氏敘述乃含攝於作者敘述之內，正同於劉雪舫敘述亦含攝於吳梅村敘述之中，呈現爲兩種層次之次要人物第一人稱觀點，即有雙重敘述者也。另〈臨江參軍〉，由楊廷麟書信傳述盧象昇死事，則廷麟亦爲詩作中裏一層之敘述者。

至於〈琵琶行并序〉，除有雙重敘述外，復有多重觀點之運用。詩云：

> 今春偶步城南斜，王家池館彈琵琶。
> 悄聽失聲叫奇絕，主人招客同看花。
> 爲問按歌人姓白，家住通州好尋覓。

此爲聽琵琶事，梅村乃敘述者。後白彧如訴崇禎遺事，白生又爲一敘述者。其後舊中常侍姚公亦述崇禎遺事，姚公亦爲一敘述者。最後梅村再自述「我亦承明侍至尊」，並勸侑「白生爾盡一杯酒」，而以感歎作結，敘述者復轉回吳梅村。就聽琵琶事言，主角宜爲彈奏者白生，敘述者即次要人物吳梅村。就訴崇禎遺事言，則白生、姚公、梅村皆敘述者，分從三位觀點人物，呈現各自所知見之崇禎遺事，此即多重觀點之技巧。而訴崇禎遺事，乃含攝於聽琵琶一事之內，是亦爲雙重敘述。

吳梅村敘事詩所採題材，多當代重大事件。全知觀點雖便於呈現事件之繁複內容，然梅村畢竟非全知全能之人，且全知敘述，亦或多或少，有脫離實際經驗之虞。作者又絕不可能親自參與或目睹每一事件之發展過程，此時，唯藉他人之見聞，方得以如實報導事件。故雙重敘述與次要人物觀點，具有拓展作者題材之功。蓋藉他人見聞，蒐羅作者視野以外之材料，且由參與其事或親睹過程之人傳述事件，乃益增作品之可信度與說服力。吳梅村敘事詩多能忠實呈現事蹟原貌，其次要人物觀點之採用，實居功厥偉。以故此類觀點運用，僅次於全知觀點也。

三、主要人物第一人稱觀點

作者與主要人物結合一體，以主角身分、自述口吻，敘述親身經歷之故事，〈避亂六首〉、〈礬清湖并序〉、〈送何省齋〉、〈臨頓兒〉、〈遇南廂園叟感賦八十韻〉等五首均採此種方式，是為主角第一人稱觀點。

此種觀點，讀來親切，頗具真實感。且梅村敘事詩中運用較為謹嚴，殊少混用其他觀點，極易辨認。前述五作，除〈臨頓兒〉外，餘皆梅村自述生平際遇，切身而真實，觀點亦嚴謹而分明。唯〈遇南廂園叟感賦八十韻〉亦出現雙重敘述者。詩中自敘：「四月到金陵，十日行大航」，金陵為梅村「平生游宦地」，此際重臨，恰「道遇一園叟」，「猶然認舊役」。而在舊役引導下，「我因訪故基，步步添思量」。訪故基，思勝事，皆主角活動，行文作第一人稱敘述，殆無疑義。自「從頭訴兵火，眼見尤悲愴」以下，乃老翁口述金陵百姓被兵實狀。此段故事，敘述者轉由老翁擔任，且轉為次要人物觀點，但其中亦混用全知敘述。至「薄暮難再留」，始轉回原主角第一人稱觀點。

〈臨頓兒〉乃以家居臨頓之少年為主角，而敘述者與主角結合，通過自敘口吻，陳述其不幸遭遇。如起段云：

> 臨頓誰家兒，生小矜白皙。阿爺負官錢，棄置何倉卒！
> 給我適誰家？朱門臨廣陌。囑儂且好住，跳弄無知識。
> 獨怪臨去時，摩首如憐惜。

採主角第一人稱觀點，自陳親身經歷。其敘述直接，讀來真實而有親切感，倍增作品之感染力，令讀者深覺同情，此誠觀點運用恰當之功。

四、次要人物第三人稱觀點

由故事中次要角色擔任觀點人物，作者透過觀點人物呈示故事內容，如〈雒陽行〉透過白頭宮監「四十年來事堪憶」，追述福王常洵事蹟。〈蕭史青門曲〉透過「蕭史」「卻憶沁園公主第」，敘述崇禎朝諸公主事蹟。〈臨淮老妓行〉由老妓師「尊前訴出漂零苦」，口述劉澤清事狀與己之際遇，此類敘事方式，皆屬次要人物第三人稱觀點。吳梅村敘事詩採此種觀點者，僅上述三作。

第三人稱觀點與第一人稱觀點之差別，在於第三人稱之敘述者與觀點人物，可能有剝離現象。亦即第三人稱之敘述者，既可與觀點人物結合無間，陳述故事內容，亦可暫時與觀點人物割離，而對觀點人物予以評價、說明。如〈蕭史青門曲〉：

蕭史青門望明月，碧鸞尾掃銀河濶。
好畤池臺白草荒，扶風邸舍黃塵沒。
當年故后婕妤家，槐市無人噪晚鴉。
卻憶沁園公主第，春鶯啼殺上陽花。

即一面說明觀點人物之活動：「望」「憶」，一面又透過觀點人物所望，呈現邸舍池臺荒涼景象。又如〈臨淮老妓行〉：

老大猶存一妓師，柘枝記得開元譜。
纔轉輕喉便淚流，尊前訴出漂零苦。

亦是先對觀點人物予以說明描述，而後始透過觀點人物，敘說故事內容。〈雒陽行〉亦同。

唯〈雒陽行〉與〈蕭史青門曲〉，其限制觀點仍有與全知觀點混用現象。更有甚者，二詩進入故事發展後，限制觀點即已消失。亦即雖似以次要人物陳述故事，實際內容卻以全知敘述方式展現。此又限制觀點混用全知觀點類例之一。

若〈臨淮老妓行〉，則引出觀點人物後，由觀點人物以口白方式敘說故事。其口白內，因乃敘述者自陳經歷，是又以第一人稱方式敘述。

綜合以上所述，可知吳梅村敘事觀點之特色，在於廣泛採用全知全能之敘述方式，限制觀點內亦不免於全知敘述之滲入，以利故事開展。復善用次要人物觀點，以拓展視野，蒐羅題材，並增進作品之說服力。至於客觀觀點與小說技巧所常用之主要人物第三人稱觀點，則未見全篇一致採用者。然雖無通篇採納者，唯亦屢出現於敘述片斷。如〈哭志衍〉敘志衍宴客情形，即屬客觀觀點。〈思陵長公主輓詩〉

寫長平公主斷臂復甦事，則屬主要人物第三人稱觀點。〈哭志衍〉云：

疊石開檽軒，張燈透簾幕。……舞席間毬場，池館花漠漠。

兄弟四五人，會譙騰觚爵。鹽豉下魚羹，椒蘭糝鳧臛。

〈思陵長公主輓詩〉云：

絕吭甦又咽，瞑睫倦微揚。裹褥移私第，霑胸進勺漿。

誓肌封斷骨，茹戚吮殘創。死早隨諸妹，生猶望二王。

股肱羞魏相，肺腑恨周昌。

由此，亦可見敘事詩與小說，觀點之使用乃互有同異。蓋敘事詩與小說二者，本即爲不同寫作方式之文類，是故本節雖援引小說技巧，以探吳梅村敘事詩之觀點運用，然乃務於掌握觀念，靈活運用。冀免於套用模式，致失作品眞相也。

第三節　情節安排

凡敘事文學，情節爲一重要構成因素。所謂情節，乃依照事件之因果關聯，而呈現故事發展過程者。〔註14〕一般而言，前者爲因，後者爲果，依循時間順序，前因後果，鋪展情節，爲最自然可見之常態。然爲突出主題或製造懸疑，作者可割斷時間，另作前後安排，於是有「由因致果」或「由果致因」之情節安排方式〔註15〕，前者即爲順敘，後者即爲倒敘。此外，王夢鷗先生復謂：「最早的敘事詩人，即已教人：好的敘述，應從『當中開始』。」〔註16〕今歸納吳梅村敘事詩之情節，即可發現具備此三種安排方式。由於梅村敘事詩所敘，多眞實之歷史事件，一般情節所強調之「開始」「中間」「結束」，或「急轉」「發現」「受難」，或「糾紛」「危機」「解決」等富戲劇性之安排，則較爲少見。以下茲析分吳梅村敘事詩情節之安排方式爲順敘、倒敘與

〔註14〕參《小說面面觀》，佛斯特著，李文彬譯，志文出版社，頁75；《小說的分析》William Kenney著，陳迺臣譯，成文出版社，頁9；《文學概論》，王夢鷗著，藝文印書館，頁195。

〔註15〕《文學概論》，王夢鷗著，藝文印書館，頁195～196。

〔註16〕同前註，頁196。

從中開始三大類，逐項討論。

此外，尚有其他情節安排之技巧，如追敘、補敘、插敘等，則各因所需，交錯運用於上述三大方式內。因非整體性之安排方式，故不另立節目，僅歸併於三大類中統述之。

一、順　敘

〈永和宮詞〉、〈清涼山讚佛詩四首〉、〈殿上行〉、〈閬州行〉、〈哭志衍〉、〈避亂六首〉、〈礬清湖并序〉、〈贈家侍御雪航〉、〈東萊行〉、〈送周子俶四首〉、〈茸城行〉、〈畫蘭曲〉、〈楚兩生行并序〉、〈王郎曲〉、〈蘆洲行〉、〈捉船行〉、〈馬草行〉、〈堇山兒〉、〈直溪吏〉、〈臨頓兒〉、〈打冰詞〉、〈再觀打冰詞〉、〈後東皋草堂歌〉、〈臨江參軍〉、〈雁門尚書行并序〉、〈松山哀〉、〈吳門遇劉雪舫〉、〈琵琶行并序〉、〈遇南廂園叟感賦八十韻〉等二十九首作品，皆採順敘方式鋪展情節，乃梅村最慣用之安排方法。順敘亦爲其他一般敘事作品安排情節所最常採用者。

此等作品，均據事件發生之時間先後，依次逐步陳述，至終而完成故事之發展。情節之始，即故事發生之始，情節之末，即故事之結局。舉〈永和宮詞〉爲例，自迎田妃進宮敘起，述進宮後專恩盛寵，至與周后失和，上書微辭構后，其後斥居別宮省愆，至景和門看花，后復召妃共游。後因悼靈王殤，妃傷子而病，竟病薨。次年甲申國變，君后殉國，啓田妃塚以葬。此一切情節，皆循時間順序而推展，依次以進，其事至明。再舉〈礬清湖并序〉爲例。首寫礬清湖景觀及傳說，次敘避亂入湖經過，詳述行程途中所遇風雨與心情憂苦情狀。及抵湖居，一一安置家人、行李，並受主人青房兄弟款待。續寫居於湖中之悠游晏然。而不久陳墓之變作，又離湖避亂他處。亂平返家，卻罹世網，出山赴召。待得倦策歸里，已然窮愁煢獨，妻妾相繼下世。髮白齒落，耄耋衰矣。此時青房過訪，同話昔年湖山兵火往事，不勝唏噓。而以「不如棄家去，漁釣山之隅。江湖至廣大，何惜安微軀？揮手謝時輩，愼勿空躊躕」等歎語作結。循事件之時序，縷縷道來，事實經過既委曲詳盡，先後次序亦有條不紊，一氣呵成。

唯順敘法有時易失之平板，尤其事件過程中，角色僅有一人時，彌覺單調。〈贈家侍御雪航〉即爲其例。詩以「士生搶攘中，非氣莫能濟。勁節行胸懷，高談豁心智」作引寫起，首敘雪航初官侍御，次巡按山東，次巡按湖廣，次任甘肅巡茶御史。後任滿回京，而因事被謫。時梅村應召入都，兩人遂相遇論交。全詩平鋪直敘，雖其事畢陳，然無高低跌宕之勢，頗覺平板無味。若〈永和宮詞〉，因有思宗、周后、宮女、悼靈王等多位人物穿插其中，雖順敘鋪述，內容實豐富繁複。尤於田妃死後，甲申君后殉國事，仍關繫田妃爲言，想像君妃九泉下相逢情景爲：「窮泉相見痛蒼黃，還向官家問永王」，而以「幸免玉環逢喪亂，不須銅雀怨興亡」爲田妃致幸，別有「一轉一波，一波一折」〔註17〕之勢，迴宕絕妙。

若〈礬清湖并序〉，則插入另一種情節技巧。自「亂世畏盛名」至「零落今無餘」，乃青房口述，自言其毀家紓役之苦。一方面與前述「官軍雖屢到，尙未成丘墟」暗暗對比，譴責「長官誅求急」之貪政，一方面有此一段追敘，乃知兩人同遭人事全非之變，對人世盛衰之感嘆，即序所云「人世盛衰聚散之故，豈可問耶」者，益能共鳴而增強其力量。此在順敘中加添追敘法，使時間暫時回流，詩文之進行多一層曲折，可使順敘易流於平板之失獲得彌補，作品頓增生氣，是乃安插變化之妙。

另〈雁門尙書行并序〉、〈後東皋草堂歌〉等詩，又見補敘法之夾用。〈雁門尙書行并序〉寫孫傳庭陣亡，有云：「願逐相公忠義死，一門恨血土花斑」，然何以謂之「一門恨血」，並未說明。逮至敘其長子世瑞，重趼入秦，始述夫人率二女六妾沉于井，而揮其八歲兒以去事，補足前文未詳者。前文因主敘孫傳庭事，故於其夫人子女，僅予略說，以免拖沓文意，旁生枝節。此處述長子尋親，乃補詳其事，可強化一

〔註17〕《越縵堂讀書簡端記》，李慈銘撰，王利器纂輯，頁329。

門忠義之形象，而添悲烈之情。且回應上文，扣緊詩意。誠剪裁有法，組織嚴密。至於詩末，又補敘尚書養士喬參軍同死之事，一以責同死者少，一以表彰參軍之可貴。迴挽往復，令覺煙波無盡。〈後東皋草堂歌〉於「我初扶杖過君家」以下四句，補敘梅村前到草堂與瞿式耜讌樂之狀，緊接上文草堂零落情景，對比極爲強烈。此下感慨勝事不可復得，亦令讀者不勝唏噓。凡此，妥爲運用補敘之法，可於順敘之情節中，加強佈局組織，增進事件之動人力量，對作品深度與強度，實助益莫大。

至於〈臨江參軍〉一詩，寫賈莊戰役時，先云：「一朝敗問至，南望爲於邑」，已知戰敗結果。後云：「忽得別地書，慰藉告親識」，由楊廷麟書信陳述前因經過。此則爲倒敘法。復次，此詩敘楊廷麟事外，又敘盧象昇事，乃用插敘法。

倒敘即王夢鷗先生所云「由果致因」者，與前述追敘法皆回溯既往，其分別在於，倒敘乃同一事件前後倒置或因果倒置，追敘則爲兩事件同時發生，作者只敘其中一事，待兩事交叉相會，始追敘另一事。〔註18〕〈礬清湖并序〉中，青房回溯既往遭遇，實與梅村「我去子亦行，後各還其廬」以後之遭遇同時進行，然詩先敘梅村還廬後情形，待青房來訪，始道青房舊業蕩然境況。故爲追敘。〈臨江參軍〉則因敘述者觀點限制之故，先知結果，乃知前情。先敘戰敗消息，再倒溯戰敗原因與戰事經過，故爲倒敘。詩中敘楊廷麟書信中內容曰：「云與副都護，會師有月日。顧恨不同死，痛憤塡胸臆」，先表結果——與副都護會師，後述前因——督師盧象昇已死及其死狀，亦倒敘之法。唯下文敘盧象昇死事，乃以插敘法，述另一情節。其中，「先是在軍中，我師已孔亟」以下，敘象昇未死前情形。「是夜所乘馬，嘶鳴氣蕭瑟」以下，敘象昇陣亡事狀。象昇之死，又即楊廷麟直疏獲譴之因，於是筆觸轉回楊廷麟，繼續發展情節。此即插敘。插敘法者，

〔註18〕《中國古典小說藝術欣賞》，賈文昭、徐召勛著，里仁書局，頁38～39。

乃在主要情節進行過程中，忽插進另一情節。而此一情節，爲有關於主要情節者。插敘既畢，乃回返主要情節。〔註 19〕本詩於順敘過程中，摻用倒敘方式，復於主要情節外，插敘另一情節，遂使情節安排，顯得變化多端，涵容豐富，引人入勝。可謂吳梅村敘事詩中，情節技巧最臻高超之代表作。

順敘方式之運用，尚有一種「雙重情節」之特殊安排。此與上節所論「雙重敘述者」，實一體相關。如〈吳門遇劉雪舫〉、〈琵琶行并序〉、〈聽女道士卞玉京彈琴歌〉、〈遇南廂園叟感賦八十韻〉等四首是。此四作皆有一發生於現在之情節，而現在之情節中，復包孕一發生於過去之情節。如〈遇南廂園叟感賦八十韻〉，現在發生之情節，爲梅村抵達金陵，重臨游宦故地，遇一園叟，巧即當時吏屬。因入南廂舊址，憑引往勝。由南廂故基，一一追懷雞籠山、同泰寺、觀象臺、鍾陵、孔廟等金陵勝蹟，並憶及前明盛事。追弔畢，老翁剪韭炊粱，主客把酒話舊，至日暮方別。過去發生之情節，則爲老翁口中所述金陵被兵實狀。由清軍南下，百姓驚惶失散，次追溯南明馬、阮荒政，即「積漸成亂離」之因。其後雖江南初定，而官吏貪暴，百姓橫遭壓榨勒索。最後詔求新政，顯示太平有望。此過去發生之情節，乃含攝於現在發生之情節內，彷彿大環中又包一小環，兩環若個別以觀，皆自具完整始末，而在詩中則組織於一體，呈現雙重式結構。猶如戲中之戲，令觀者目不暇給。此即雙重情節。具雙重情節之作品，率兼具雙重敘述者。蓋兩情節本不相關，唯因兩敘述者相遇，一述其所見，一聽其所述，聽者敘其所遇、所聽之經過時，復將彼所述之故事寫入。於是外一層敘述，含攝裏一層敘述，兩情節遂同出現於一詩之中。若觀其時序流程，則可發現，外一層情節，即發生於現在者，依時間進程而行，敘述兩人相遇、對談經過，是爲順敘。裏一層情節，即發生於過去者，則由口述者追溯回憶，始爲得知，乃屬倒敘。此類詩作，

〔註 19〕同前註，頁 38。

兼具雙重敘述者與雙重情節。在順敘之情節中，包含一倒敘方式之情節。兩情節互無關連，而以環套形式組合於詩內。前舉四作皆如此。復次，〈琵琶行并序〉一詩，因裏一層情節內，有白生、姚公、梅村等三位敘述者，分別有三人倒敘之三情節，其環套方式，較其餘三作顯爲複雜。蓋乃一大環中，復包孕三小環也。此爲雙重情節形式中，較爲複雜之類例。由此，亦不難知悉，吳梅村敘事詩之情節安排，實變化多樣，繁富可觀也。

二、倒　敘

前文已述，倒敘乃回溯既往，前後倒置，以「由果致因」之方式安排情節者。今計梅村運用倒敘法之篇章，有〈銀泉山〉、〈雒陽行〉、〈蕭史青門曲〉、〈思陵長公主輓詩〉、〈送何省齋〉、〈鴛湖曲〉、〈臨淮老妓行〉等七首。

此七首作品皆由敘述者採回溯方式鋪敘情節。如〈銀泉山〉起有云：「銀泉山下行人稀，青楓月落魚燈微」「玉椀珠襦散草間，云是先朝鄭妃墓」，已先呈現結局畫面，而後始追溯鄭妃生前種種。描述鄭妃生前專寵驕恣行事完畢後，又回到眼前陵墓荒沒景象。又如〈送何省齋〉，亦先點明送別，抒發慨歎，再回憶過去兩人相識、交游及種種行跡，說明送別、抒慨情由。回憶過程，由最初之時，逐漸降及眼前，敘述終結，亦回至送別當下而止。此即倒敘方式之情節安排。七作中，有〈蕭史青門曲〉一詩，其情節變化較爲曲折。

〈蕭史青門曲〉首段，自「蕭史青門望明月」至「卻憶沁園公主第，春鶯嘆殺上陽花」八句，先點明現今邸舍荒涼景象，而後回憶往昔。「嗚呼先皇寡兄弟」以下，首及樂安公主。次敘寧德公主云：「先是朝廷啓未央，天人寧德降劉郎」，用「先是」二字，在全篇之倒敘內又用一倒敘，兩層回溯。其下依時間進程，順敘其發展。「灼灼夭桃共穠李，兩家姊妹驕紈綺」，先合樂安、寧德二人而敘。再以「外家肺腑數尊親，神廟榮昌主尚存」，使榮昌公主登場。而後，由「萬事榮華有消歇，樂安一病音容沒」，經「此時同產更無人，寧德來朝笑語眞」，次「明年鐵騎燒宮闕，君后倉黃相訣絕」，及「慷慨難從輦公死，亂離怕與劉郎別。」，至「賣珠易米返柴門，貴主淒涼向誰說」止，皆依時以降，順次鋪述樂安病沒，甲申國變，寧德流離淪落之經過。續云：「苦憶先皇涕淚漣，長平嬌小最堪憐」，再用回溯倒敘方式，帶出長平公主，敘述之進行又多一道曲折。接寫：「昨夜西窗仍夢見，樂安小妹重歡讌」，敘述終結之前，復藉夢境作一小小回溯，展現寧德公主內心之淒苦傷感，此亦用倒敘技巧。最後，「花落回頭往事非」，終於回到現實作結。凡此，人物之現身，多用倒敘方式帶出，結尾前呈現內心情緒活動，亦採回溯手法，倒敘中復採倒敘，追憶中又見追憶，倒敘法之運用，可謂極致。

三、從中開始

故事發展有其首尾始末，順敘之情節為由首至尾，倒敘之情節則先末後始，而第三種方式，既不自首始亦不自尾始，如〈圓圓曲〉：

鼎湖當日棄人間，破敵收京下玉關。
慟哭六軍俱縞素，衝冠一怒爲紅顏。
紅顏流落非吾戀，逆賊天亡自荒讌。
電掃黃巾定黑山，哭罷君親再相見。
相見初經田竇家，侯門歌舞出如花。
許將戚里箜篌伎，等取將軍油壁車。
家本姑蘇浣花里，圓圓小字嬌羅綺。
夢向夫差苑裏遊，宮娥擁入君王起。
前身合是採蓮人，門前一片橫塘水。
橫塘雙槳去如飛，何處豪家強載歸？
此際豈知非薄命？此時只有淚沾衣。
薰天意氣連宮掖，明眸皓齒無人惜。
奪歸永巷閉良家，教就新聲傾坐客。
坐客飛觴紅日暮，一曲哀絃向誰訴？
白皙通侯最少年，揀取花枝屢迴顧。

早攜嬌鳥出樊籠，待得銀河幾時渡？
恨殺軍書底死催，苦留後約將人誤。
相約恩深相見難，一朝蟻賊滿長安。
可憐思婦樓頭柳，認作天邊粉絮看。
遍索綠珠圍內第，強呼絳樹出雕欄。
若非壯士全師勝，爭得蛾眉匹馬還？
蛾眉馬上傳呼進，雲鬟不整驚魂定。
蠟〔註20〕炬迎來在戰場，啼妝滿面殘紅印。
專征簫鼓向秦川，金牛道上車千乘。
斜谷雲深起畫樓，散關月落開妝鏡。
傳來消息滿江鄉，烏桕紅經十度霜。
教曲妓師憐尚在，浣紗女伴憶同行。
舊巢共是啣泥燕，飛上枝頭變鳳凰。
長向尊前悲老大，有人夫壻擅侯王。
當時衹受聲名累，貴戚名豪競延致。
一斛明珠〔註21〕萬斛愁，關山漂泊腰支細。
錯怨狂風颺落花，無邊春色來天地。
嘗〔註22〕聞傾國與傾城，翻使周郎受重名。
妻子豈應關大計？英雄無奈是多情！
全家白骨成灰土，一代紅妝照汗青。
君不見館娃初起鴛鴦宿，越女如花看不足。
香逕塵生鳥自啼，屧廊人去苔空綠。
換羽移宮萬里愁，珠歌翠舞古梁州。
爲君別唱吳宮曲，漢水東南日夜流。

起八句爲一段。首二句追溯崇禎自縊，吳三桂引兵入關。三、四兩句爲全詩史筆之契領，說明破敵之眞正原因。其後四句，寫破賊後與圓圓相見。靳榮藩注云：「起八句用倒敘法，從三桂起兵說到重見圓圓。」本詩情節安排之起點即在此，下闋掃賊後於戰場迎見陳圓

〔註20〕《家藏稿》作「爉」，據四庫本與三家注本改。
〔註21〕程箋本、吳注本作「珠連」。
〔註22〕《家藏稿》作「常」，據四庫本與三家注本改。

圓也。

本詩情節始於吳三桂戰場迎見陳圓圓，至於陳、吳二人如何相識、分離之前因，乃用倒敘手法追溯。待追溯既畢，則繼續推進向前，敘吳三桂復得陳圓圓後，圓圓隨吳入蜀。此類情節安排，即從中開始之方式。下文可更詳述之。

首段倒敘吳三桂引兵入關，而後得以於戰場重見圓圓。其下「相見初經田竇家」四句，仍是倒敘手法，回溯兩人初遇情景。「家本姑蘇浣花里」六句，補出圓圓鄉里、名字。「橫塘雙槳去如飛」云云，再以倒敘方式，回溯圓圓離鄉入京情形。分層逆遞，逐次探索陳、吳故事之來龍去脈。其中「何處豪家強載歸」雖爲疑問句，但與前述「相見初經田竇家」對照，則「豪家」何指，不答自明。〔註23〕「薰天意氣連宮掖」「奪歸永巷閉良家」等，謂田宏遇送圓圓入宮被遣還，仍歸田邸。於是在田家習歌舞，「傾坐客」，而遇吳三桂。敘述至此，與「相見初經田竇家」啣接上，故事頭首亦已出現，即「橫塘雙槳去如飛，何處豪家強載歸」之時也。「相見初經田竇家」之前因追溯既明，又繼續追溯何以紅顏流落，以至衍爲戰場相見之緣由。此仍爲倒敘手法。「相約恩深相見難」以下，言遇三桂而訂聘，然未立時迎娶，於是衍生以下種種變故。「一朝蟻賊滿長安」以下，敘流寇入侵長安後，圓圓爲寇所掠。「遍索綠珠圍內第，強呼絳樹出雕欄」描述被掠情形，回應首段「紅顏流落」一語。前略後詳，亦有補敘意味。「若非壯士全師勝，爭得蛾眉匹馬還」，扣上「破敵收京下玉關」與「衝冠一怒爲紅顏」。「蛾眉馬上傳呼進」則與「哭罷君親再相見」啣接。此一大段，回溯圓圓自離鄉入京，至於戰場重見吳三桂之經過，與前兩段倒敘引兵、「相見初經田竇家」者，層層相遞，環環相扣，迴環往復，而結構緊密。於是由情節之起點，回溯故事發展之前因，倒敘過程至

〔註23〕「相見初經田竇家」，用田竇典，當用田姓，指外戚田宏遇。錢䡄《甲申傳信錄》（卷八，廣文書局，頁140。）所言同。另一說謂周嘉定伯奎，見《觚賸》，（鈕琇著，卷四，廣文書局，頁94）。

是完成。倒敘之曲折運用，結構之緊密周延，可謂神乎其技矣！

「蛾眉馬上傳呼進」以下，情節與故事乃同時向前推衍。「專征簫鼓向秦川，金牛道上車千乘。斜谷雲深起畫樓，散關月落開妝鏡」所述，乃圓圓從三桂入鎮漢中事〔註24〕。陳吳二人之故事發展，至此而止。「傳來消息滿江鄉」以下，實用以渲染圓圓一生之傳奇性，並對吳三桂寄予諷責，可謂敘事之餘波，無關乎情節之推進。

設使重組故事始末，當如下述：圓圓自江南被田宏遇強購入京。入京後送進宮廷，因流氛熾盛，帝宵旰無歡，命遣還，故仍歸田邸。在田邸以歌舞娛客，遂遇吳三桂。三桂見而喜，訂聘欲迎，然未及迎。流寇入京，圓圓遭劫掠，三桂聞而大怒，遂引兵入關，掃賊破敵，於戰場上重見圓圓。後再攜圓圓移鎮漢中。故事發展之起點在田戚強載圓圓入京，但情節安排之起點在引兵入關而重見圓圓，先以倒敘方式補充此前之事由發展，其後事件與情節方始合併前進，以至於結束。此是爲從中開始之安排方式。

值得吾人注意者，乃作者選擇迎見陳圓圓爲情節起點之寓意。蓋吳三桂引兵，爲明清交替之歷史關鍵。明清交替，對作者，對具國家民族意識之知識分子，乃至於華夏九州之黎民而言，其鉅變誠有如天崩地移。而影響此役者，關鍵人物實陳圓圓。情節起點之選擇，意在凸顯此層意義，亦從而抒發對吳三桂引兵一事之褒貶。

吳梅村敘事詩之情節安排已如上述。至於一般情節常見之「衝突」

〔註24〕靳覽本注云：「指圓圓從三桂入蜀。」但據馮沅君考，秦川、金牛（金牛峽）、斜谷、散關均今陝西地名，非四川也。斜谷、金牛距漢中皆不遠。再推算詩之作期（約順治七年前後），與其時吳三桂行蹤合觀，則「專征簫鼓向秦川」四句，當爲吳三桂順治五年移鎮漢中，及其後一、二年事，即指陳圓圓隨吳三桂至漢中也。錢仲聯亦謂此四句指吳三桂鎮漢中時，並印證詩末「珠歌翠舞古梁州」之「古梁州」，即漢中之地。晉太康中，漢中地爲梁州治，陸游〈秋晚登城北門〉詩有「夢魂猶繞古梁州」句已用之。詳見〈吳偉業「圓圓曲」與「楚兩生行」的作期〉，馮沅君，《文史》第四輯，頁121～123；〈「吳梅村詩補箋」一勺〉，錢仲聯，頁253。

「糾葛」「高潮」〔註 25〕等戲劇性佈置，吳梅村敘事詩中並不顯著。於我國古來敘事性作品中，如長篇章回小說，實已見此現象。侯健先生嘗謂此爲「百科全書式」或「剖析式」故事〔註 26〕，乃我國敘事之作所特有。此類情節，便於包羅一切世相，可以各種角度呈現或剖析人生世態。吳梅村敘事詩既多紀述眞實事件，爲求客觀顯露其面貌，自不宜故佈高潮，是以如實敘述，而遂多「百科全書式」之情節。

第四節　章句技巧

梅村有詩一千餘首〔註 27〕，五、七律爲多，古體詩計一六八首〔註 28〕，所占不足十分之二。然就敘事詩範圍觀之，則除〈思陵長公主輓詩〉一首屬五言排律外，餘皆五、七言古體，且皆篇幅甚長。可知古體長篇，乃梅村敘事詩創作之主要形式。古體形式，具備較爲寬廣之格律，辭句運用可較爲自由。長篇形式，則能提供足夠長度，以資鋪展情節。是皆於敘述故事，有極大便利。因而自〈孔雀東南飛〉、〈悲憤詩〉始，至於杜甫、白居易之作，如〈北征〉、〈自奉先赴京詠懷五百韻〉、〈長恨歌〉等，皆多以洋洋灑灑、宏篇鉅製之古體形式爲之。本節即擬就章句技巧方面之特色，分章法、修辭、格律等三項探析之。

一、章　法

梅村敘事詩無論排律、古體，多以長篇形式出之。長篇鋪敘，則須求起伏照應，承轉得宜，俾可免於冗漫平板，故章法佈局甚爲重要。又其詩多紀當代眞實事蹟，而客觀實事常龐繁複雜，影響所及，致故

〔註 25〕《小說的分析》William Kenney 著，陳迺臣譯，成文出版社，頁 13。

〔註 26〕《中國小說比較研究》，侯健著，東大圖書公司，頁 20、27、28、71。

〔註 27〕據靳榮藩計有一〇三〇首，靳據四庫本，《家藏稿》則較四庫本多出七十三首。

〔註 28〕據《家藏稿》，四庫本收一五五首。

事內容雖有主角人物、核心事件，敘述卻不以此為足，往往又串連其他諸多相關人事。猶如河具主流，旁又有多條支脈匯入，甚而數脈交流，穿插錯綜，不分孰主孰從。遂有波瀾幻化，煙波浩淼之妙。因而佈局組織，亦必隨之起伏引轉，開闔相生，乃得控馭題材，表裏為稱。以下茲舉〈聽女道士卞玉京彈琴歌〉與〈蕭史青門曲〉為例，以為主脈分明與穿插錯綜二主要章法之代表，而觀其一隅。

1. 主脈分明

〈聽女道士卞玉京彈琴歌〉云：

駕鵞逢天風，北向驚飛鳴。飛鳴入夜急，側聽彈琴聲。
借問彈者誰？云是當年卞玉京。
玉京與我南中遇，家近大功坊底路。
小院青樓大道邊，對門卻是中山住。
「中山有女嬌無雙，清眸皓齒垂明璫。
曾因內宴值歌舞，坐中瞥見塗鵶黃。
問年十六尚未嫁，知音識曲彈清商。
歸來女伴洗紅妝，枉將絕技矜平康。如此纔足當侯王。
萬事倉皇在南渡，大家幾日能枝梧？
詔書忽下選蛾眉，細馬輕車不知數。
中山好女光徘徊，一時粉黛無人顧。
豔色知為天下傳，高門愁被旁人妒。
盡道當前黃屋尊，誰知轉盼紅顏誤！
南內方看起桂宮，北兵早報臨瓜步。
聞道君王走玉驄，犢車不用聘昭容。
幸遲身入陳宮裏，却早名塡代籍中。
依稀記得祁與阮，同時亦中三宮選。
可憐俱未識君王，軍府抄名被驅遣。
漫詠臨春瓊樹篇，玉顏零落委花鈿。
當時錯怨韓擒虎，張孔承恩已十年。
但教一日見天子，玉兒甘為東昏死。
羊車望幸阿誰知？青塚淒涼竟如此！

我向花間拂素琴，一彈三歎爲傷心。
暗將別鵠離鸞引，寫入悲風怨雨吟。
昨夜城頭吹篳篥，教坊也被傳呼急。
碧玉班中怕點留，樂營門外盧家泣。
私更裝束出江邊，恰遇丹陽下渚船。
翦就黃絁貪入道，攜來綠綺訴嬋娟。
此地繇來盛歌舞，子弟三班十番鼓。
月明絃索更無聲，山塘寂寞遭兵苦。
十年同伴兩三人，沙董朱顏盡黃土。
貴戚深閨陌上塵，吾輩漂零何足數？」
坐客聞言起歎嗟，江山蕭瑟隱悲笳。
莫將蔡女邊頭曲，落盡吳王苑裏花。

此詩主敘弘光選后徐氏事，兼敘卞玉京遭遇。起用興體，得「〈孔雀東南飛〉，五里一徘徊」之神味，靳榮藩注：

廬江小吏詩起句云：「〈孔雀東南飛〉，五里一徘徊」，與下文「十三能織素」云云，若不相蒙，……而自得興之一體。此詩起句亦其例也，兼紀時也。〔註29〕

由飛鳴轉出琴聲，由琴聲再轉出彈者卞玉京。「玉京與我南中遇」四句，爲梅村自述語。「中山有女嬌無雙」以下，則轉爲玉京語，爲徐女故事開展之前奏。以上乃由景起興，遂步引轉，而至於本題。然句意承接緊密，讀來但覺一氣貫徹，所敘人事實已移轉於不覺間。「當侯王」一句則引起下文，進入故事正題。

「萬事倉皇在南渡」以下，正敘徐女遭遇。「倉皇」「枝梧」爲時勢背景，然亦隱示徐氏所遇，其事可知矣。「盡道當前黃屋尊」以下，述徐女入選，旋即兵至，未及入宮，南明已然覆滅，而反被進呈於清人〔註30〕。此爲故事主要內容，亦本篇事件發展之主流。「依稀記得

〔註29〕靳覽本，卷四下，頁12。

〔註30〕「却早名填代籍中」用《史記》〈外戚世家〉典：「呂太后時，竇姬以良家子入宮侍太后，太后出宮人以賜諸王，各五人，竇姬家在清河，欲如趙近家，請其主遣宦者吏：『必置我籍趙之伍中。』宦者忘

祁與阮」，乃附筆帶敘祁氏、阮氏二女。徐氏爲本詩敘述主脈，祁、阮二氏，則猶旁出小枝。另此詩言徐女遭遇始末，屢用陳後主典，「桂宮」、「陳宮」、「臨春瓊樹篇」、「韓擒虎」、「張孔承恩」等均是。於敘事之同時，已暗藏史筆，刻劃南明荒政。即以陳後主荒淫喪國，比擬南明福王也〔註 31〕，褒貶之義甚明。

「我向花間拂素琴」以下，卞玉京現身抒慨，爲徐氏致哀，既承上再作申說，並將敘述對象暗轉至玉京，爲下文卞玉京自述遭遇之過渡。

「昨夜城頭吹篳篥」八句，寫卞玉京險遭厄運，故更裝私逃抵吳，而在吳地，傳述其金陵所見，供客聆聽。此點明其爲女道士緣由，並兜回彈琴而敘徐氏事，結束正題。此敘卞玉京遭遇，猶本篇副脈，有烘托徐氏不幸際遇之作用。「此地繇來盛歌舞」四句承上，「就山塘寄慨」〔註 32〕，可謂敘事餘波。「十年同伴兩三人，沙董朱顏盡黃土」，又附筆帶出沙才、董年二人〔註 33〕，於主脈、副脈外，再添一小枝。加重漂零意象。「貴戚深閨陌上塵」結徐氏與祁、阮二女，「吾輩漂零何足數」則結卞玉京與沙、董等人。於是全收上文，章法完密，組織緊嚴。李慈銘謂此處「兜轉作結，筆力千鈞」〔註 34〕，是也。

「坐客聞言起歎嗟」四句，轉回梅村等聽者，靳榮藩云：「用自己作結，與起處一段相應」〔註 35〕。前以梅村之敘述起筆，此以梅村之

之，誤置其籍代伍中。籍奏，詔可，當行，竇姬涕泣，怨其宦者，不欲往，相彊，乃肯行。」（《史記》，卷四九，鼎文書局，頁 1972）徐氏被填名代籍，當指其似竇姬之未如本願而另適他處。又程箋本云：「錢謙益既歸順，謀復大宗伯原官，手進選后徐氏于豫王，遂同毆去。」吳注本亦引之。本文從其說，故謂「被進呈於清人」。

〔註 31〕可參照本章第一節。

〔註 32〕靳覽本，卷四下，頁 11。

〔註 33〕「沙」指沙才，三家注本俱同。「董」指董年，從程箋、靳覽二本，吳注本則謂爲董白。

〔註 34〕《越縵堂讀書簡端記》，李慈銘撰，王利器纂輯，頁 331。

〔註 35〕靳覽本，卷四，頁 11。

敘述終篇，首尾一致，佈局圓轉。「蔡女邊頭曲」則用東漢末蔡琰流落胡地歸來作〈悲憤詩〉事〔註 36〕，一喻卞玉京流落歸來，一悲徐氏諸女流落，再亦以擬此詩之作，亦猶如〈悲憤詩〉所敘，皆異地流落之故事也。「曲」字乃回應彈琴。「落盡吳王苑裏花」總束諸女。吳王之苑，亦點明故事發生所在，回應「南渡」、「南內」、「此地繇來」等辭，謂江南之地。二句總結全文，徐氏事、卞氏事、彈琴事、聽琴事，一概收束。

本詩以聽彈琴爲題，敘徐氏事亦以聽琴作前引，聽琴一事貫徹全篇，隨處呼應。「値歌舞」、「知音識曲」、「絕技矜平康」、「臨春瓊樹篇」〔註 37〕、「拂素琴」、「別鵠離鸞引」、「篳篥」、「綠綺」、「盛歌舞」、「弦索更無聲」、「隱悲笳」、「蔡女邊頭曲」等，莫不與琴相爲映合。全詩佈局，以徐氏爲主，卞氏爲副，旁出以祁、阮、沙、董等小枝，彷彿主幹堅茂，而枝條槎枒，是爲主脈分明之謀篇之術。復以聽琴一事，穿針引線，貫徹全篇。猶如織布紡紗，經緯俱在，又有飛梭穿巡，引紗牽絲，遂熾就細密精工之匹練。主流分明，組織謹嚴，所謂章法完密之構造，此篇可爲代表。

2. 穿插錯綜

〈蕭史青門曲〉云：

蕭史青門望明月，碧鸞尾掃銀河闊。
好畤池臺白草荒，扶風邸舍黃塵沒。
當年故后婕妤家，槐市無人噪晚鴉。
却憶沁園公主第，春鶯嚦殺上陽花。
嗚呼先皇寡兄弟，天家貴主稱同氣。
奉車都尉誰最賢？鞏公才地如王濟。
被服依然儒者風，讀書妙得公卿譽。
大內傾宮嫁樂安，光宗少女宜加意。

〔註 36〕靳覽本引〈胡笳十八拍〉爲注，此從吳注本。
〔註 37〕陳後主製〈臨春樂〉，大抵美張貴妃、孔貴嬪容色，有句曰：「瓊樹朝朝新」。見靳覽本、吳注本。

正值官家從代來，王姬禮數從優異。
先是朝廷啓未央，天人寧德降劉郎。
道路爭傳長公主，夫婿豪華勢莫當。
百兩車來塡紫陌，千金榼送出雕房。
紅窗小院調鸚鵡，翠館繁箏叫鳳凰。
白首傅璣阿母飾，綠韝大袖騎奴裝。
灼灼夭桃共穠李，兩家姊妹驕紈綺。
九子鸞雛鬭玉釵，釵工百萬恣求取。
屋裏薰爐滃若雲，門前鈿轂流如水。
外家肺腑數尊親，神廟榮昌主尚存。
話到孝純能識面，抱來太子輒呼名。
六宮都講家人禮，四節頻加戚里恩。
同謝面脂龍德殿，共乘油壁月華門。
萬事榮華有消歇，樂安一病音容沒。
莞蒻桃笙朝露空，溫明秘器空堂設。
玉房珍玩宮中賜，遺言上獻依常制。
卻添駙馬不勝情，至尊覽表爲流涕。
金冊珠衣進太妃，鏡奩鈿合還夫婿。
此時同產更無人，寧德來朝笑語眞。
憂及四方宵旰甚，自家兄妹話艱辛。
明年鐵騎燒宮闕，君后倉黃相訣絕。
仙人樓上看灰飛，織女橋邊聽流血。
慷慨難從輦公死，亂離怕與劉郎別。
扶攜夫婦出兵間，改朔移朝至今活。
粉碓脂田縣吏收，妝樓舞閣豪家奪。
曾見天街羨璧人，今朝破帽迎風雪。
賣珠易米返柴門，貴主淒涼向誰說？
苦憶先皇涕淚漣，長平嬌小最堪憐。
青萍血碧它生果，紫玉魂歸異代緣。
盡歎周郎曾入選，俄驚秦女遽登仙。
青青寒食東風柳，彰義門邊冷墓田。

昨夜西窗仍夢見，樂安小妹重歡讌。
先后傳呼喚捲簾，貴妃笑折櫻桃倦。
玉階露冷出宮門，御溝春水流花片。
花落回頭往事非，更殘燈灺淚沾衣。
休言傅粉何平叔，莫見焚香衛少兒。
何處笙歌臨大道？誰家陵墓對斜暉？
只看天上瓊樓夜，烏鵲年年它自飛。

此詩敘明末三代公主及其駙馬事。即大長公主榮昌，長公主樂安與駙馬鞏永固、寧德與駙馬劉有福，及長平公主與周世顯。詩緊扣詩題而起，「蕭史青門望明月，碧鸞尾掃銀河闊」，首先呈現一幅夜朗月明畫面。其下轉寫池臺、邸舍荒涼景象，再由眼前之荒涼，追憶起昔日榮盛情狀。全詩故事遂由「蕭史」之追憶，以倒敘方式展開。此八句一段，爲鋪展故事之前引，「蕭史」則擔任本篇故事之敘述者。

然則「蕭史」何人？「青門」何指？對照詩末敘長平公主處：「盡歎周郎曾入選，俄驚秦女遽登仙。青青寒食東風柳，彰義門邊冷墓田」，「秦女」指秦穆公女弄玉，嫁蕭史爲妻。「蕭史」前出，「秦女」後見，一典分置二處而遙相應照。由此知「蕭史」即指駙馬都尉周世顯，「青門」則謂長平墓田所在，柳色青青之彰義門也。〔註 38〕

「嗚呼先皇寡兄弟」以下，先敘樂安公主與駙馬都尉鞏永固事。二人爲本篇主脈之一。「光宗少女宜加意」則暗引寧德公主，蓋寧德與樂安俱明光宗女。「先是朝廷啓未央」云云，以倒敘手法述寧德公主事，此爲主脈之二。「百兩車來塡紫陌」六句，鋪排寧德出嫁之盛，回應前述樂安出嫁時，「大內傾宮」、「王姬禮數從優異」等句。蓋樂安出嫁爲略寫，此處詳寫，前詳後略，兩相應照，寧德之盛即樂安之盛。「灼灼夭桃共穠李，兩家姊妹驕紈綺」六句總承上兩段，併寧德、樂女二人合言之，總括二脈主流，匯而爲一，暫作小結。

〔註 38〕參〈略談吳梅村的七言古詩及其「蕭史青門曲」〉，馬鈴娜，《文學遺產》增刊十一輯，頁 125。

「外家腑腑數尊親」云云，帶出明神宗女榮昌公主，靳榮藩注謂：

> 上文以樂安引出寧德，兩人皆長公主也。此又引一大長公主，極風雨離合之奇。〔註39〕

此爲主流之三，唯份量、氣勢略弱於前二者。「六宮都講家人禮」四句承上，述榮昌公主事。同時亦總合三位公主而言，此再總括三脈主流，略作小結，俾下文轉折不致過於突兀。

「萬事榮華有消歇，樂安一病音容沒」，乃全詩敘事之轉折點。樂安先歿，爲公主不幸遭遇之先聲，亦明朝亡國之朕兆。梅村費筆鋪排其逝世哀情，弦外之音在此。且「榮華有消歇」者，亦隱隱照應首段荒涼景象。

「此時同產更無人」一句，回應「嗚呼先皇寡兄弟」。樂安歿後，明思宗之同胞手足止餘寧德公主。「自家兄妹話艱辛」又應「天家貴主稱同氣」，寫兄妹親情。此處兼及樂安、寧德，二脈兩度合流。「憂及四方宵旰甚」則爲下文前引，亡國之跫音漸步而至。

「明年鐵騎燒宮闕」以下，言國亡家破。「慷慨難從鞏公死，亂離怕與劉郎別」，以對仗句法，將鞏永固之殉死與寧德公主夫婦之苟生，作鮮明對比，一方面表揚前者，同時又暗譏後者。前述「鞏公」與「劉郎」，用辭已寓褒貶，此處對照二人行跡，其意可以揭知。又鞏永固事用略寫，劉有福事用詳寫，與前文略寫樂安之盛，詳寫寧德之盛，兩處筆法，實爲一致。樂安公主夫婦事蹟，前後均爲略寫，寧德公主夫婦事蹟，前後均爲詳寫。二者乃詩之主脈，而運用詳略筆法，令二脈互爲對照，相傍相應，關係至爲密切。雖分派爲二，實併流於一，組織之緊密，由是可觀。「扶攜夫婦出兵間」以下，乃詳寫寧德流落之狀，哀苦淒涼。

「苦憶先皇涕淚漣」八句，藉寧德公主之追憶，又敘出長平公主事蹟。此爲本詩主流之四。靳榮藩注云：

> 此段從寧德意中、目中敘出長平始末，與上文樂安、榮昌，

〔註39〕靳覽本，卷五下，頁13。

若相蒙若不相蒙。〔註40〕

此處所用，當追敘手法。長平事與寧德事實同時進行，唯前文專敘寧德，此處方追敘長平。國變次年，長平公主上書清廷，求落髮爲尼。清帝下旨，仍令嫁周世顯，然逾年而卒。故靳榮藩以爲，長平似亦弱不勝悲，早致夭折，與寧德之苟生終老者不同。〔註41〕此引出長平事蹟，隱與寧德夫婦對照，雖未明言，唯二脈實亦有相應相傍之關係。

「昨夜西窗仍夢見」六句透過夢境，回憶往昔盛況，與今淒涼之景對照。偕上述「苦憶先皇涕淚漣」所敘，同以表寧德流落心情之悲苦。而用小妹字，回縈樂安，呼應前「兩家姊妹」語。「先后傳呼喚捲簾，貴妃笑折櫻桃倦」，又回應首段「故后婕妤」語。將后妃公主諸人，俱以一夢收之，總束敘事，更寓人生如夢，富貴如幻之意〔註42〕，且又應合「萬事榮華有消歇」句，詩意極爲綿密。

「花落回頭往事非」八句，回復淒涼現況，總結全詩。前述「玉階露冷」「春水流花」之景，實已暗示榮華消歇之象，而爲本段前引。「何處笙歌臨大道？誰家陵墓對斜暉」，用對仗句法，將新朝之盛、故朝之衰作強烈對比。「看天上瓊樓夜」之瞻望夜景，則回映篇首之「望明月」。天上瓊樓、烏鵲年年自飛之恆常，又與全詩所敘盛衰滄桑、人世幻變之無常，可爲對照。而以「只看天上瓊樓夜，烏鵲年年它自飛」之景作結，覺其情思幽遠窈邈，予人言有盡而味無窮之感，彷彿餘音繞樑，悠迴不絕。

全詩貫串榮昌、樂安、寧德、長平三代公主與駙馬之事蹟，四脈分合，縱橫穿插。其中，又有兩條主要線索貫穿全篇。一爲暗線，駙馬周世顯也；一爲明線，即故事主脈之一，寧德公主夫婦。周世顯乃詩篇之敘述者，通過其追憶鋪展故事。寧德公主夫婦則具組織材料作

〔註40〕同前註，頁14。

〔註41〕同前註。

〔註42〕同前註。

用，聯綴各自獨立事蹟，交織成結構嚴密之敘述整體〔註43〕。事件發展之表層內容中，又以榮華消歇之意象貫徹全篇。於是章法穿插錯綜，各部組織則聯繫緊密。疊樑架棟，繁複而不紊亂，造就涵容壯富，蔚然大觀之巨構。

二、修　辭

吳梅村敘事詩，於修辭方面表現最突出者，有用典與辭姸句工二項，可謂即其兩大特色，茲分述如下。

1. 用　典

王國維嘗云：

> 以〈長恨歌〉之壯采，而所隸之事，只「小玉雙成」四字，才有餘也。梅村歌行則非隸事不辦。白、吳優劣，即於此見。〔註44〕

又所致鈴木虎雄書亦云：

> 前作〈頤和園詞〉一首，雖不敢上希白傅，庶幾追步梅村。蓋白傅能不使事，梅村則專以使事爲工。〔註45〕

蓋均不以梅村用事爲然。然而，用典可在精簡字句內表達豐富意象，擴大敘述內涵，有其不容忽視之價值，此實王氏無法一筆抹煞者。試援數例。〈蕭史青門曲〉於長平公主事蹟著墨不多，僅用「青萍血碧它生果，紫玉魂歸異代緣」二句，然幾已囊括其慘痛一生。以紫玉化烟一典，將長平死後復蘇，革代後下嫁周世顯，而不久抑鬱逝世之始末，予以高度形象化。〔註46〕使事之高度概括，巧妙靈活，吾人不能不驚服。又如〈永和宮詞〉：「夾道香塵迎麗華」，「麗華」二字用陳後

〔註43〕參〈略談吳梅村的七言古詩及其「蕭史青門曲」〉，馬鈴娜，《文學遺產》增刊十一輯，頁126。

〔註44〕《人間詞話》，弘道文化事業公司，頁58。

〔註45〕《王國維全集書信》，吳澤主編，劉寅生、袁英光編，華世出版社，頁26。

〔註46〕參〈略談吳梅村的七言古詩及其「蕭史青門曲」〉，馬鈴娜，《文學遺產》增刊十一輯，頁127。

主貴妃張麗華典〔註 47〕，簡潔表露田妃之美貌與貴妃身分。「鈿合金釵定情日」化用〈長恨歌〉「惟將舊物表深情，鈿合金釵寄將去」句，寫田妃入宮被寵，亦明確又精簡。「幸免玉環逢喪亂，不須銅雀怨興亡」，爲田妃薨於國變之前致幸，亦用楊貴妃與曹操之典，將田妃免遭國變予以形象化，描述鮮明生動，是皆用典之功。

梅村敘事詩用典方式甚繁，大至佈於全篇之中，小至僅爲字面之借用。前者如〈清涼山讚佛詩四首〉，全詩以漢皇隱喻清世祖，其一云：「漢主坐法宮，一見光徘徊。」其三云：「寄語漢皇帝，何苦留人間？」其四云：「漢皇好神仙，妻子思脫屣。」又如〈圓圓曲〉以西施喻圓圓，前云「家本姑蘇浣花里」「夢向夫差苑裏遊」，後云「館娃初起鴛鴦宿」「屧廊人去苔空綠」等，皆以一典而貫徹全篇。僅借用字面者，如〈茸城行〉云：「此亦當今馬伏波」，乃借馬援之姓，以指謂馬逢知。至於二者行跡，實不相類。〈東萊行〉：「同時里人官侍從，左徒宋玉君王重」，借左、宋二字，指謂左懋第、宋玫二人。即〈圓圓曲〉「相見初經田竇家」之「田竇」，亦借其中田姓，以謂田宏遇也。又有反用其事者。如〈永和宮詞〉：「誰云樊嫕能辭令，欲得昭儀喜怒難」，原事乃昭儀趙飛燕得罪皇后，樊嫕扶昭儀拜后，事乃止。而此反用其事，謂田妃與周后有隙，然田妃不肯息怒請罪，故云「欲得昭儀喜怒難」。又如〈思陵長公主輓詩〉：「荀灌心惆悵，秦休志激昂」，荀灌乞兵救父，秦女休爲宗行報仇，然詩反用之，謂長平不能救父、報仇，而引爲悵恨。用典之變化多樣，於此可窺，要皆一心靈活運用之耳。

而梅村用典過多，以致語意晦澀，反令詩義難明者，實亦有之。如〈永和宮詞〉：「聞道群臣譽定陶，獨將多病憐如意」，靳榮藩注謂趙王如意並未多病，且云：

> 定陶入繼大統，如意幾代太子，而莊烈不聞有薄東宮之事，似亦非其倫。〔註 48〕

〔註 47〕參靳覽本、吳注本。

〔註 48〕靳覽本，卷四上，頁 14。

李慈銘亦指其「用事未倖」〔註49〕。又如同詩「漢家伏后知同恨，止少當年一貴人」，靳榮藩注云：

以伏后比擬周后，殊覺不於其倫。〔註50〕

李慈銘亦謂：「用伏后事尤不合，語意亦晦拙。」〔註51〕然試揣梅村意，用定陶、如意典，蓋二者因同具王子身分，故以指永王、悼靈王。漢末伏后爲曹操逼死，周后以李自成寇京而歿，同因國賊逼迫而喪生，其事亦有所類。唯二典取意確較爲偏曲，未盡貼合妥切，是故後人有訾議之辭。

2. 辭妍句工

《清史稿・吳偉業傳》云：「梅村詩文工麗，蔚爲一時之冠」〔註52〕。「工」云其格律嚴整，「麗」則指辭藻華妍也。趙翼稱其「選聲作色」「華豔動人」〔註53〕，袁枚亦謂之「調既流轉，語復奇麗，千古高唱矣」〔註54〕。是見華采豔藻，格律嚴整，允爲梅村詩一大特色。

華采豔藻，乃表現於用字遣詞。格律嚴整，則表現於音節之諧和，句法之工整。梅村敘事詩多古體形式，原具較寬廣格律，然而講求排偶，鏤金錯采，較近體有過之而無不及。試覽數例。如〈圓圓曲〉云：

家本姑蘇浣花里，圓圓小字嬌羅綺。

……前身合是採蓮人，門前一片橫塘水。

此寫圓圓鄉里，有江南小調之風，音辭流麗婉轉。〈畫蘭曲〉：

蜀紙當窗寫畹蘭，口脂香動入毫端。

腕輕染黛添芽易，釧重舒衫放葉難。

寫畫蘭女子，風采婉約，儀態萬千。〈王郎曲〉：

蓮花婀娜不禁風，一斛珠傾宛轉中。

〔註49〕《越縵堂讀書簡端記》，王利器纂輯，頁328。
〔註50〕靳覽本，卷四上，頁16。
〔註51〕《越縵堂讀書簡端記》，王利器纂輯，頁329。
〔註52〕卷四八四，鼎文書局，頁13326。
〔註53〕《甌北詩話》，卷九，木鐸出版社，頁130。
〔註54〕靳覽本，卷四上，頁1。

　　　此際可憐明月夜，此時脆管出簾櫳。

描摹歌舞，流麗清綺。〈琵琶行并序〉：

　　　碎珮叢鈴斷續風，冰泉凍壑瀉淙淙。

　　　明珠瑟瑟拋殘盡，卻在輕籠慢撚中。

摹狀琵琶彈奏之聲，亦清麗宛轉。凡此，皆可見其華妍新麗，纖綺動人之藻采。

　　排偶句法之運用，如〈後東皋草堂歌〉：

　　　任移花藥鄰家植，未剪松杉僧舍得。

　　　漁舟網集習家池，官道人牽到公石。

　　　石礎雖留不記亭，槿籬還在半無門。

　　　欹橋已斷眠僵柳，醉壁誰扶倚瘦藤。

寫園亭荒沒景象，其造句乃平仄相對，詞性相偶，對仗甚爲工整。詩屬古體，而皆用律句。再觀〈蕭史青門曲〉：

　　　百兩車來塡紫陌，千金榼送出雕房。

　　　紅窗小院調鸚鵡，翠館繁箏叫鳳凰。

寫公主出嫁，鋪排其景況，極爲繁華旖旎。〈永和宮詞〉：

　　　楊柳風微春試馬，梧桐露冷暮吹簫。

寫田妃才藝，而同時點逗宮廷風光，頗有花明雪艷之致。〈圓圓曲〉：

　　　斜谷雲深起畫樓，散關月落開妝鏡。

寫戰場上閨閣紅顏，崇山險塞，與畫樓妝鏡相映，別具一番奇異之冷艷畫面。上述三例，若研其聲調，則平仄對反，音韻鏗鏘。詳察其詞法，則「百兩」對「千金」，數字相偶。「紅窗」對「翠館」，色彩鮮妍。「鸚鵡」對「鳳凰」，「楊柳」對「梧桐」，詞性相同，動植相類。「斜谷」對「散關」，「雲」對「月」，「畫樓」對「妝鏡」，亦地名對地名，天文對天文，物對物。音辭工整，聲勢穩密，允稱儷白妃青，銖兩悉稱。屬對之工，采藻之艷，充分顯露詞采華美，句法精工之特色。《四庫全書總目提要》稱其「韻協宮商，感均頑艷，一時尤稱絕調」〔註55〕，於焉可見。

〔註55〕卷一七三，商務印書館，第四冊，頁581。

三、格　律

對仗句法原亦屬諸格律一項，然梅村敘事詩，詞采鮮妍與屬對精工，實相得益彰，故合併於前段述之。此則專敘其用韻。

梅村詩用韻，屢爲詩家所議。其敘事詩出之以古體形式，用韻已較寬鬆，然遭訾病者仍多。如李慈銘嘗評〈吳門遇劉雪舫〉曰：

> 此篇以眞、文、元、庚、青、蒸、侵並押，此自古所無，梅邨往往如此，亦是一病。〔註56〕

據此所議，亦可知梅村用韻之寬鬆。唯通叶並押實無妨於詩之優劣。靳榮藩注〈吳門遇劉雪舫〉後跋云：

> 賓東皋師曰：按此篇依宋吳才老《韻補》用韻，故庚、青、蒸與眞、文、元、侵通押。至鄭庠古韻，則眞、文、元、寒、刪、先六韻相通，而不通庚、青、蒸。侵、覃、鹽、咸四韻相通，而不通眞。……要之古韻古無成書，吳、鄭、顧、邵、毛諸人各據所見立論，亦互有得失，梅村此篇自依《韻補》通叶用韻耳。詩之工拙不在此也。〔註57〕

梅村詩之通叶，據靳氏說，實依吳才老《韻補》而押。而古韻古無成書，所謂本韻通韻，皆後人歸納之說。且詩之優劣工拙，不在於此，可以不論。

唯用韻有平仄之異，平聲舒徐，仄聲逼促，韻母又有開合之分，開口宏朗，合口斂抑，實兼具達情效果。如〈臨江參軍〉云：

> 是夜所乘馬，嘶鳴氣蕭瑟。椎鼓鼓聲哀，拔刀刀芒澀。
> 公知爲我故，悲歌壯心溢。當爲諸將軍，揮戈誓深入。
> 日暮劍鏃盡，左右刀鋋集。帳下勸之走，叱謂吾死國。
> 官能制萬里，年不及四十。

寫盧象昇殉國，而「瑟」、「澀」、「溢」、「入」、「集」、「國」、「十」等，全用仄聲入韻，短急蹙迫，讀來噎咽，有憯惻淒哽之感。又如〈臨淮老妓行〉：

〔註56〕《越縵堂讀書簡端記》，王利器纂輯，頁323。
〔註57〕靳覽本，卷一上，頁14。

臨淮將軍擅開府，不鬪身強鬪歌舞。
白骨何如棄戰場？青娥已自成灰土。
老大猶存一妓師，柘枝記得開元譜。
纔轉輕喉便淚流，尊前訴出漂零苦。

「府」、「舞」、「土」、「譜」、「苦」用上聲麌韻，聲調緩而沉。其韻母屬合口，又有悲抑哀鬱之感。察其音韻，可感沈哀之情矣。再如〈聽女道士卞玉京彈琴歌〉，自「中山有女嬌無雙」，至「如此纔足當侯王」，敘初見徐女。時尚承平，徐女貴爲侯王之女。韻用「璫」、「黃」、「商」、「康」、「王」等平聲開口陽韻，有悠揚開朗之致。下接「萬事倉皇在南渡，大家幾日能枝梧」云云，用「渡」、「梧」〔註 58〕、「數」、「顧」、「妒」、「誤」、「步」等字。乍轉去聲合口遇韻，音韻抑而蹙，可感時世瞬變，福王蹙迫於江南之勢。

凡此，梅村用韻，平仄開合，實聲情相符，技巧可嘉。所謂通叶並押之當否，實不足爲言也。

吳梅村敘事詩章句技巧之特色，概如上述。唯技巧運用，隨篇而異，且自章而句而字，粗纖皆具，勢不能周悉盡舉。此僅標其綱目之大者，以爲研閱其敘事詩之資耳。

〔註 58〕靳覽本，卷四下，頁 10：「按：《集韻》枝梧之梧，訛胡切，音吾。魁梧之梧，五故切，音悞。梅村以五故通訛胡耳。」

第六章　史實辨證舉隅

吳梅村敘事詩所紀，多當代眞實事蹟。寫作過程中，雖難免一番增損潤飾，或添加藝術虛構成分，然而事蹟原貌，多經客觀留存，並無扭曲改造之嫌。其寫實存眞之作風，已達於極致。本章所述，即意欲經由史事之考辨對照，驗證其敘事詩紀述事實之眞確可信，兼辨其所敘事之有疑者，以明梅村「詩史」紀事之不妄。

覽前人之議梅村詩所敘事，當以〈清涼山讚佛詩四首〉與〈圓圓曲〉二者爲最多，蓋二詩所敘，關係特爲重大，而又涉及宮秘之故。茲檢出二作，參閱前人所論，辨證其史實眞僞。

第一節　〈清涼山讚佛詩四首〉

〈清涼山讚佛詩四首〉，論者向謂其惝恍迷離，辭旨莫辨，至有謂此詩乃暗指清世祖遜位出家者。其說流傳甚廣，迄今不衰。民國初年，孟心史著〈世祖出家事考實〉〔註1〕，陳垣著〈湯若望與木陳忞〉〈語錄與順治宮廷〉〔註2〕，文中援引珍貴資料，證清世祖出家與駕

〔註1〕《清代史》，附錄一〈清初三大疑案考實〉，孟森編著，吳相湘校讀，正中書局，頁455～476。

〔註2〕〈湯若望與木陳忞〉，《輔仁學誌》，第七卷第一、二期合刊；〈語錄與順治宮廷〉，《輔仁學誌》，第八卷第一期。

崩之實，其事已爲大明。今據二人所論，再參以相關論著，試予辨證〈清涼山讚佛詩四首〉所涉史事，並箋釋詩義。

清世祖出家之說，不盡無稽，唯出家未遂而已。世祖之信奉佛法，當自順治十四年十月初四日，召對僧人憨璞聰於萬善殿始。〔註 3〕自是而後，玉林琇、茚溪森、木陳忞、玄水杲先後至京，有三世奏對錄〔註 4〕。木陳忞又著《北遊集》，爲其北上遊京日誌。《北游集》嘗載：

上一日語師：「朕再與人同睡不得，凡臨睡時，一切諸人俱命他出去，方睡得著，若聞有一些氣息，則通夕爲之不寐矣。」師曰：「皇上夙世爲僧，蓋習氣不忘耳。」上曰：「朕想前身的確是僧，今每常到寺，見僧家明牕淨几，輒低回不能去。」又言：「財寶妻孥，人生最貪戀擺撲不下底。朕於財寶固然不在意中，即妻孥覺亦風雲聚散，沒甚關情。若非皇太后一人罣念，便可隨老和尚出家去。」師曰：「鬚髮染衣，乃聲聞緣覺羊鹿等機，大乘菩薩要且不然，或亦作天王、人王、神王及諸宰輔，保持國土，護衛生民，不厭拖泥帶水，行諸大悲大願之行。如祇圖清靜無爲，自私自利，任他塵劫修行，也到不得諸佛田地。即今皇上不現身帝王，則此番召請耆年，光揚法化，誰行此事？故出家修行，願我皇萬勿萌此念頭。」上以爲然。〔註 5〕

時在順治十七年春，此當世祖意欲出家最早見諸載籍者。此時已有出家之念，同年八月，忽遭董妃薨逝之慟，經此打擊，更有行將出家之行動。《湯若望傳》云：

此後皇帝便把自己完全委託於僧徒之手。他親手把他的頭髮削去，如果沒有他的理性深厚的母后和湯若望加以阻止

〔註 3〕〈湯若望與木陳忞〉，陳垣，《輔仁學誌》，第七卷第一、二期合刊，頁 11～12；《故事傳說與歷史》，蘇同炳著，水牛出版社，頁 132；〈清世祖出家考〉，白裕昌，《史苑》，第三十五期，頁 42。

〔註 4〕三世者，玉林琇、木陳忞一世，茚溪森二世，憨璞聰、玄水杲三世。參〈湯若望與木陳忞〉引，陳垣，《輔仁學誌》，第七卷第一、二期合刊，頁 12；《故事傳說與歷史》，蘇同炳著，水牛出版社，頁 133。

〔註 5〕〈湯若望與木陳忞〉，《輔仁學誌》，第七卷第一、二期合刊，頁 12。

時，他一定會充當了僧徒的。〔註6〕

此言董妃死後，世祖有剃髮之舉。《續指月錄・玉林琇傳》亦載世祖削髮，然乃茚溪森爲帝淨髮，非帝自削。《續指月錄》云：

玉林到京，聞森首座爲上淨髮，即命眾聚薪燒森。上聞，遂許蓄髮。〔註7〕

與《湯若望傳》所記略異。然世祖削髮，意欲出家，則爲事實，幸賴皇太后及羣臣併力規諫，又玉林琇適時抵京勸阻，方免於入寺爲僧。另玉林年譜載：

（順治十七年）十月十五日，到皇城內西苑萬善殿，世祖就見丈室，相視而笑，日窮玄奥。世祖謂師曰：「朕思上古，惟釋迦如來捨王宮而成正覺，達磨亦捨國位而爲禪祖，朕欲效之，何如？」師曰：「若以世法論，皇上宜永居正位，上以安聖母之心，下以樂萬民之業。若以出世法論，皇上宜永作國王帝王，外以護持諸佛正法之輪，內住一切大權菩薩智所住處。」上意欣然聽決。〔註8〕

此文極可注意者，爲「相視而笑」四字，蓋其時業經披剃，帝首已禿，與玉林和尚相見，互覺有趣而然。〔註9〕又帝雖許蓄髮，出家之念未消，故復以如來、達摩捨王位事爲問，逮聞玉林所答，其意始「欣然聽決」。未久，即以痘症崩，出家之事終不果。故世傳清世祖出家，實世祖確有其意，亦曾行其事，然終不遂而已。

世祖之崩，實緣於痘症，即今天花。滿人畏懼天花至甚，避之唯恐不及，世祖嘗有避痘之舉，見載於《東華錄》卷三、卷四，順治八年十二月與九年正月〔註10〕，接連兩月，見避痘之記載，可見畏懼之

〔註 6〕魏特著，楊丙辰譯，商務印書館，頁 323。

〔註 7〕《續指月錄》，卷十九〈玉林琇傳〉，聶先編集，新文豐出版公司，頁 260。

〔註 8〕《玉琳國師年譜》，卷下，頁 12～13，《普濟玉琳國語師錄》附，得度小師嗣法孫超琦輯錄，佛教出版社。

〔註 9〕參〈湯若望與木陳忞〉，陳垣，《輔仁學誌》，第七卷第一、二期合刊，頁 13；〈清世祖出家考〉，白裕昌，《史苑》，第三十五期，頁 43。

〔註10〕文海出版社，頁 122。

甚，亦可知其時痘症之猖獗。蓋染患此症，即有喪命之虞。順治十八年世祖果因此症病逝。王熙自撰年譜、張宸筆記與《湯若望傳》中，均有詳載，茲列述如下：

王熙於世祖崩逝之前，臨榻受命，爲之草遺詔，其自撰年譜紀此事云：

> 辛丑，三十四歲。元旦因不行慶賀禮，黎明入內，恭請聖安，召入養心殿，賜座、賜茶而退。……初六日，三鼓，奉召入養心殿，諭：「朕患痘勢將不起，爾可詳聽朕言，速撰詔書，即就榻前書寫。」恭聆天語，五內摧崩，淚不能止，奏對不成語。蒙諭：「朕平日待爾如何優渥，訓爾如何詳切，今事已至此，皆有定數。君臣遇合，緣盡則離，爾不必如此悲痛。此何時，尚可遷延從事，致悞大事？」隨勉強拭淚吞聲，就御榻前書就詔書首段。隨奏明恐過勞聖體，容臣奉過面諭，詳細擬就進呈。遂出至乾清門下西圍屏內撰擬，凡三次進覽，三蒙欽定，日入時始完。至夜，聖駕賓天，泣血哀慟。初八日，同內閣擬上世祖章皇帝尊謚，又同內閣擬今上皇帝即位年號，又爲輔政大臣撰誓文。〔註11〕

元旦不行慶賀，亦見載於《世祖實錄》〔註12〕，則此時帝當已不豫，故不視朝，免行慶賀禮。然實錄與《東華錄》書「上不豫」在正月壬子，即初二日，其前蓋未以爲當宣布不豫之消息也〔註13〕。王熙年譜載初六日世祖諭有「朕患痘勢將不起」之言，可爲世祖病痘之明證。其後述草遺詔及帝崩事狀甚詳。彼出入宮掖，親睹世祖之病，又臨榻受命，撰遺詔於榻前，且參與擬謚、撰誓文之務，所知所紀，可謂第一手史料。世祖病痘而崩，殆無疑矣。

又張宸時官中書舍人，其筆記云：

> 辛丑年正月，世祖皇帝賓天。予守制禁中，凡二十七日。

〔註11〕〈世祖出家事考實〉引，孟森著，《清代史》附錄一，正中書局，頁457。

〔註12〕卷一四四，華文書局，頁1695。

〔註13〕〈世祖出家事考實〉，孟森著，《清代史》附錄一，正中書局，頁457。

先是，正月初二日，上幸憫忠寺，觀內璫吳良輔祝髮。初四日，九卿大臣問安，始知上不豫。初五日，又問安。見宮殿各門所懸門神對聯盡去。一中貴向各大臣耳語，甚愴惶。初七晚，釋刑獄，諸囚獄一空，止馬逢知、張縉彥二人不釋。傳諭民間毋炒豆，毋燃燈，毋潑水，始知上疾爲痘。初八日，各衙門開印。予黎明盥漱畢，具朝服將入署，長班遽止之曰：「門啓復閉，止傳中堂暨禮部三堂入，入即摘帽纓，百官今散矣。」予錯愕久之。蓋本朝制度，有大喪則去纓，詎上春秋富，有此變也？早饍後，出門問訊，則人復訊予，無確音。時外城門俱閉，列卒戒嚴，九衢寂寂，惶駭甚。日晡時，召百官攜朝服入，入即令赴户部領帛。領訖，至太和殿西閣門，遇同官魏思齊，訊主器，曰：「吾君之子也。」心乃安。二鼓餘，宣遺詔，淒風颯颯，雲陰欲凍，氣極幽慘，不自知其嗚咽失聲矣。〔註 14〕

張宸職位較卑，所知不若王熙之詳。然其記載踏實可信，世祖駕崩前後，宮掖以外情景，足備詳參。所記初二日，帝尚幸憫忠寺觀吳良輔祝髮，據此，亦可知實錄、《東華錄》於是日始書不豫之故，蓋其前病實未劇。又侍宦吳良輔剃度，或乃以之爲代帝出家，亦未可知。張宸筆記，另於世祖喪葬祭典，如祭期、祭器、靈堂佈置、出殯行伍、哭弔情景與奠祭儀式，均紀述周悉，極其詳備〔註 15〕，可爲世祖駕崩另一佐證。

另《湯若望傳》云：

如同一切滿洲人們一般，順治對於痘症有一種極大的恐懼，因爲這在成人差不多也總是要傷命的。在宮中特爲奉祀痘神娘娘，是另設有廟壇的。或許是因他對於這種病症的恐懼，而竟使他眞正傳染上了這種病症。〔註 16〕

〔註 14〕〈雜記〉，無名氏撰，《人文月刊》，第二卷第三期，頁 5～6。案：作者原題無名氏，後孟森證之爲張宸所撰。見〈世祖出家事考實〉，《清代史》附錄一，正中書局，頁 458。

〔註 15〕《人文月刊》，第二卷第三期，頁 6～9。

〔註 16〕魏特著，楊丙辰譯，商務印書館，頁 324。

湯若望歷任明清兩朝宮中要員，其記載客觀公正，保存明清史事頗多，甚可補正史之不足。傳載「宮中特爲奉祀痘神娘娘」，清人畏痘之甚，亦得一證。又據《湯若望傳》，清世祖駕崩之日爲：

> 順治病倒三日之後，於一六六一年二月五日到六日之夜間駕崩，享壽還未滿二十三歲。〔註17〕

「一六六一年二月五日到六日之夜間」，換算爲中曆，恰即實錄與《東華錄》所載「丁巳（初七）夜子刻，上崩於養心殿」〔註18〕之時〔註19〕。世祖逝世之期，兩相符合。而實錄、《東華錄》云世祖「壽二十四」〔註20〕，乃中西歲數算法不同，故與《湯若望傳》所記相去一歲。

由上所述，可知清世祖確死於痘症，世傳因董妃之喪，哀痛逾恒，而遁迹空門者，實不足採信。唯世祖確曾因篤信佛法，有出世之意及削髮之舉，董妃之逝，於世祖亦確爲莫大打擊，雖終出家未遂，然世人不察而好捕風捉影，乃夾混其事，致謂之迹五臺，假布喪聞，且舉吳梅村〈清涼山讚佛詩四首〉爲資證。今世祖出家、崩逝之疑既解，茲再試爲箋釋此詩，亦庶幾乎辨明梅村詩義。

考梅村詩注本，今存者三家，程箋本成書最早，且專釋本事，務明詩旨〔註21〕。其於〈清涼山讚佛詩四首〉題下箋云：

> 爲皇貴妃董氏咏。《扈從西巡日錄》：「五臺山大塔寶院寺，明萬曆戊寅孝定皇太后重建，有阿育王所置佛舍利塔、文殊髮塔。」知歷來后妃皆有佈造。貴妃上所愛幸，薨後命五臺山大喇嘛建道場。詩特敘致瑰麗，遂有若〈長恨歌序〉云爾。〔註22〕

〔註17〕同前註，頁326。

〔註18〕《大清世祖章皇帝實錄》，卷一四四，華文書局，頁1695；順治朝《東華錄》，卷七，文海出版社，頁257。

〔註19〕《兩千年中西曆對照表》，薛仲三、歐陽頤撰，學海出版社，頁333。

〔註20〕《大清世祖章皇帝實錄》，卷一四四，華文書局，頁1697；順治朝《東華錄》，卷七，文海出版社，頁258。

〔註21〕參程箋本〈梅村詩箋凡例〉。

〔註22〕程箋本，卷十一，頁7。

靳覽本、吳注本均無釋本事。據程箋所釋，則乃世祖爲董妃建道場於此山，而有此詩。詩云：

西北有高山，云是文殊臺。臺上明月池，千葉金蓮開。
花花相映發，葉葉同根栽。王母攜雙成，綠蓋雲中來。
漢主坐法宮，一見光徘徊。結以同心合，授以九子釵。
翠裝雕玉輦，丹髹沉香齋。護置琉璃屏，立在文石階。
長恐乘風去，舍我歸蓬萊。從獵往上林，小隊城南隈。
雪鷹異凡羽，果馬殊羣材。言過樂游苑，進及長楊街。
張宴奏絲桐，新月穿宮槐。攜手忽太息，樂極生微哀。
「千秋終寂寞，此日誰追陪？陛下壽萬年，妾命如塵埃。
願共南山槨，長奉西宮杯。」披香淖博士，側聽私驚猜：
「今日樂方樂，斯語胡爲哉？」待詔東方生，執戟前詼諧：
「薰罏拂黼帳，白露零蒼苔。吾王愼玉體，對酒勿傷懷。」

此其一，主敘董妃恩寵之盛。清涼山即山西五臺山，以歲積堅冰，夏仍飛雪，曾無炎暑，故名清涼。題曰「清涼山讚佛」，詩即從山說起，且用佛典，緊扣題意。以金蓮花葉同根映發，隱喻世祖與董妃恩愛繾綣之狀。下文「雙成」，謂西王母侍女董雙成，與下一首「千里草」，均影射董姓，謂董妃。「漢主」則喻清世祖。世有疑董妃爲名妓董小宛者，孟森〈董小宛考〉〔註23〕辨之已明，不復贅述。董妃即端敬皇后董鄂氏，「董鄂」乃滿語譯音，「董」爲略稱，或譯「棟鄂」，《清史稿》即云：

孝獻皇后，棟鄂氏，內大臣鄂碩女。年十八入侍，上眷之特厚，寵冠後宮。〔註24〕

可知此處「董」姓，乃滿姓「棟鄂」之略稱，非漢人之董姓也。董妃盛寵，《清史稿》亦載及。而詩中鋪陳董妃恩遇，忽插入樂極生哀預言，蓋爲詩家陣法，於此藏伏董妃歿亡之暗筆，爲下一首前引。

〔註23〕《心史叢刊》三集，頁 7～30，文海出版社《近代中國史料叢刊續編》第九四輯。

〔註24〕《清史稿》，卷二一四，鼎文書局，頁 8908。

博士、待詔，則作兩層襯托。

傷懷驚涼風，深宮鳴蟋蟀。嚴霜被瓊樹，芙蓉凋素質。
可憐千里草，萎落無顏色。孔雀蒲桃錦，親自紅女織。
殊方初云獻，知破萬家室。瑟瑟大秦珠，珊瑚高八尺。
割之施精藍，千佛莊嚴飾。持來付一炬，泉路誰能識？
紅顏尚焦土，百萬無容惜。小臣助長號，賜衣或一襲。
只愁許史輩，急淚難時得。從官進哀誄，黃紙鈔名入。
流涕盧郎才，咨嗟謝生筆。尚方列珍饍，天廚供玉粒。
官家未解菜，對案不能食。黑衣召誌公，白馬馱羅什。
焚香內道場，廣坐楞伽譯。資彼象教恩，輕我人王力。
微聞金雞詔，亦由玉妃出。高原營寢廟，近野開陵邑。
南望蒼舒墳，掩面添悽惻。戒言秣我馬，遨遊凌八極。

此其二，寫董妃之薨。「涼風」、「蟋蟀」紀其時。案史載妃薨於順治十七年八月十九日〔註25〕，所紀秋景與之合〔註26〕。妃薨後，雜焚珠寶，所謂「持來付一炬」也。「紅顏尚焦土」一語蓋謂火化。火化之舉，緣於信佛，亦循塞外風俗也，陳垣嘗見《茆溪語錄》載曰：

上命文書館正堂李世昌等請爲董皇后舉火，師秉苣云：「出門須審細，不比在家時。火裏翻身轉，諸佛不能知。」便投火苣。〔註27〕

此爲茆溪森爲董氏火化儀式舉火之記錄。《茆溪語錄》又載：

聖駕臨壽椿殿，命司吏院正堂張嘉謨等爲董皇后收靈骨，請上堂，隆安和尚白椎，僧問：「上來也，請師接。」師曰：

〔註25〕《大清世祖章皇帝實錄》，卷一三九，華文書局，頁 1651；順治朝《東華錄》，卷七，文海出版社，頁 252。

〔註26〕程箋云妃薨於順治十七年七月七日，誤。梅村所紀亦不似七夕新秋之景。參〈世祖出家事考實〉，孟森著，《清代史》附錄一，正中書局，頁 467。

〔註27〕〈語錄與順治宮廷〉引，陳垣，《輔仁學誌》，第八卷第一期，頁 10。此乃康熙間杭州圓照寺刊本，計六卷，題曰：《敕賜圓照茆溪森禪師語錄》。其卷六〈佛事門〉載之。

「莫鹵莽。」曰：「皇后光明在甚處？」師曰：「無蹤跡處不藏身。」僧喝，師便打，僧曰：「天子面前，何得干戈相待？」師笑曰：「將謂你知痛癢。」僧禮拜。師驀豎如意云：「左金烏，右玉兔，皇后光明深且固，鐵眼銅睛不敢窺，百萬人天常守護。」擲如意下座。〔註28〕

此火化後收靈骨也。「紅顏尚焦土，百萬無容惜」，以火化董妃與火焚珠寶對舉，由喪祭之盛，襯托世祖喪妃之哀。「小臣助長號」謂臣下助哀，亦實有其事，張宸筆記云：

端敬皇后喪，……先是內大臣、命婦哭臨不哀者議處，皇太后力解乃已。〔註29〕

命內大臣、命婦哭臨，不哀者竟欲議處，足見世祖哀喪董妃之慟。「官家未解菜，對案不能食」之情，並無誇張。「焚香內道場」，蓋謂世祖建景山大道場祭董后。董后之靈設於景山壽椿殿〔註30〕，時木陳忞、憨璞聰已南遷，玉林琇再召未至，適茆溪森在京，景山大道場，乃其一手主辦，康熙本《茆溪語錄》卷一云：

聖駕臨景山建水陸道場，命司吏院正堂張嘉謨等請上堂薦董皇后。師至座前云：「靈山會，皇帝宮，逢場作戲，快便難逢。」遂陞座。拈香祝聖畢，法海和尚白椎，僧問：「中秋過後重陽到，向上宗乘事若何？」師曰：「龍女成佛。」曰：「屍陀林中齊悟去，薦冥場內又如何？」師曰：「學而第一。」問：「誌公寶懺爲郗后，四生六道又如何？」師曰：「仰望不及。」僧禮拜，師拂一拂下座。〔註31〕

此爲景山道場薦亡之儀。詩謂「資彼象教恩，輕我人王力」者，因借佛法悼度董妃，故有此言。資恩於佛，亦見世祖之好佛。「金雞詔」表赦令，「微聞金雞詔，亦由玉妃出」，即《清史稿》所云：

〔註28〕卷一〈上堂小參〉，〈語錄與順治宮廷〉引，陳垣，《輔仁學誌》，第八卷第一期，頁10。

〔註29〕〈雜記〉，《人文月刊》，第二卷第三期，頁2～3。

〔註30〕〈語錄與順治宮廷〉，陳垣，《輔仁學誌》，第八卷第一期，頁8。

〔註31〕同前註，頁9。又法海即慧樞地，玉林琇弟子。

是歲（順治十七年），命秋讞停決，從后志也。〔註 32〕

《世祖實錄》、《東華錄》亦載順治十七年十一月，因董后遺言而赦減罪犯之旨諭〔註 33〕，詩云「微聞」，未敢確指，然實有其事。

詩又言營廟、開陵，營廟事所必有，惜不見著錄。開陵即世祖後葬之孝陵。世祖有二后合葬，一即端敬皇后，一爲聖主生母孝康皇后〔註 34〕。「倉舒」者，乃魏武帝子鄧哀王曹沖，此以比榮親王，董妃所生。榮親王生百零四日而殤，尚未命名，本不得有王封，特以董妃故而封之。凡此，皆可見董妃恩寵之盛，與世祖喪妃之慟。斯爲世祖興念欲往清涼山之前因。末言秣馬遨遊，乃下第三首前引。

八極何茫茫！曰往清涼山。此山蓄靈異，浩氣供屈盤。
能蓄太古雪，一洗天地顏。日馭有不到，縹緲風雲寒。
世尊昔示現，說法同阿難。講樹聳千尺，搖落青琅玕。
諸天過峰頭，絳節乘銀鸞。一笑偶下謫，脫卻芙蓉冠。
游戲登瓊樓，窈窕垂雲鬟。三世俄去來，任作優曇看。
名山初望幸，銜命釋道安。預從最高頂，灑掃七佛壇。
靈境乃杳絕，捫葛勞躋攀。路盡逢一峰，傑閣圍朱闌。
中坐一天人，吐氣如栴檀。寄語漢皇帝：「何苦留人間？
煙嵐倏滅沒，流水空潺湲。」回首長安城，緇素慘不歡。
房星竟未動，天降白玉棺。惜哉善財洞，未得誇迎鑾。
惟有大道心，與石永不刊。以此護金輪，法海無波瀾。

此其三。正敘清涼山爲仙佛往來之靈境，宜爲禮佛薦亡之地。程箋所云：「貴妃上所愛幸，薨後命五臺山大喇嘛建道場」，是也。

世祖喪妃，不勝其慟，雖已大肆鋪排悼祭喪儀，猶覺未足，故欲親至清涼亡薦亡。梅村言其「遨遊凌八極」「曰往清涼山」者，言欲離宮他遊，遠離傷心之地，將往清涼山也。「此山蓄靈異」以下，敷陳仙佛神蹟，表此山之靈異。其中「一笑偶下謫」實暗暗回照「王母

〔註 32〕 卷二一四，鼎文書局，頁 8909。

〔註 33〕 《大清世祖章皇帝實錄》，卷一四二，華文書局，頁 1673；順治朝《東華錄》，卷七，文海出版社，頁 253。

〔註 34〕 〈世祖出家事考實〉，孟森著，《清代史》附錄一，正中書局，頁 469。

攜雙成，綠蓋雲中來」。「三世俄去來」者，亦隱示妃之乍逝。而援引佛典，既應詩題讚佛，亦隱喻其人，同時又顯此山之神蹟，極煙雲縹緲之妙。

「名山初望幸」以下，言高僧受命，預整佛壇，準備迎駕。又藉佛壇，忽託言天人傳言，預示帝已不得久留人世。與第一首樂極生哀，預言妃之薨亡，筆法相類。其下即敘長安慘象，是世祖未出都而已崩。「房星」，據《史記・天官書》注：「房爲天馬，主車駕」〔註 35〕，「白玉棺」用後漢書王喬事〔註 36〕，謂帝死。王喬乃葬後登仙，意豈帝禮佛好道，死後當亦如王喬登天得道？房星未動，言未啓蹕，而已仙逝歸天。洞雖未迎鑾，然禮佛之道心故在，如石之不刊，是以永護金輪。其身雖死，然已禮佛得道，以克泛渡法海。〔註 37〕

嘗聞穆天子，六飛騁萬里。仙人觴瑤池，白雲出杯底。
遠駕求長生，逐日過濛汜。盛姬病不救，揮鞭哭弱水。
漢皇好神仙，妻子思脫屣。東巡并西幸，離宮宿羅綺。
寵奪長門陳，恩盛傾城李。穠華即修夜，痛入哀蟬誄。
苦無不死方，得令昭陽起。晚抱甘泉病，遽下輪臺悔。
蕭蕭茂陵樹，殘碑泣風雨。天地有此山，蒼崖閱興毀。
我佛施津梁，層臺簇蓮藥。龍象居虛空，下界聞鬬蟻。
乘時方救物，生民難其已。澹泊心無爲，怡神在玉几。
長以兢業心，了彼清淨理。羊車稀復幸，牛山竊所鄙。
縱灑蒼梧淚，莫賣西陵履〔註 38〕。持此禮覺王，賢聖總一軌。
道參無生妙，功謝有爲恥。色空兩不住，收拾宗風裏。

〔註 35〕《史記》，卷二七，司馬貞索隱，鼎文書局，頁 1296。

〔註 36〕《後漢書》，卷八二上，鼎文書局，頁 2712。

〔註 37〕「法海無波瀾」吳注本引梁簡文帝〈莊嚴旻法師成實議論疏序〉云：「慧門深邃，入之者固希；法海波瀾，汎之者未易。」文中原義謂法海有波瀾，難以爲渡，此反用之，謂法海無波瀾，則爲可汎渡矣。意當謂其身雖死，然已泛渡法海而得道。

〔註 38〕《家藏稿》及四庫本作「屨」，據程箋本與吳注本改。

此其四。前三首敘帝妃恩愛始末，此首則申論忘情之難，而歸之於禮佛讚佛，參悟清淨。

詩起用周穆王、漢武帝事。二者雖求長生、好神仙，然終留情於內寵。生則極其寵幸，沒則深於哀痛，總見忘情之難。世祖原好佛而意欲出家，然董妃一喪，則哀悼逾恒，喪祭踰禮，恰亦似之。「晚抱甘泉病，遽下輪臺悔」，用漢武帝抱病自悔事，既承上而來，亦以指世祖抱病，崩後頒遺詔自責事〔註 39〕。「蕭蕭茂陵樹」二句。言漢武帝之逝。一收結上文，一以喻世祖之崩，一亦表違論求長生、思脫屣或難忘情，其人終歸一死，寓人生有限而終歸於虛無之意。「天地有此山」以下，言人生有限，而唯此山無限，閱盡人間歷代興毀。又唯佛法無限，施予津梁，超渡生靈。「層臺簇蓮蘂」，乃將「我佛施津梁」之意予以形象化。此由人生有限，歸之於佛法無限，兼寫山寫佛，再應題意。

其下以佛心與俗情，兩相對照。言若思脫卻俗欲，則須「澹泊心無為，怡神在玉几。長以兢業心，了彼清淨理」，然後乃可以「羊車稀復幸，牛山竊所鄙。縱灑蒼梧淚，莫賣西陵履」，達於忘情之境。生既不復寵幸，死亦不復哀慟。其長生之求，亦可免卻，甚且鄙視之矣。此以總結上文之求長生、幸愛姬、喪妃痛悼等事。清淨之理既已了悟，不復有俗欲俗情之牽累，則能禮拜覺王，參無生之妙道。遂收拾色空，宗風不墜。然則致此向道回善之功者，莫不歸於禮佛、參佛悟道之故，故皆歸功於佛，是之謂讚佛。讚佛之論，至此達於極致，詩義亦於焉完足，於是總收全文。

由上所述，作意蓋緣於讚佛而發，讚佛又當緣於世祖之好佛，詩義乃主述帝妃恩愛、死生經過，而兼讚佛以敘，讚敘相傍，文義互生，煙雲離合，極其神妙。讀來不知是讚是敘，是佛是人，故有覺恍惚迷離者。今一一疏證如上，願備研梅村敘事詩者一資。

〔註 39〕世祖崩，遺詔以十四罪自責。見《大清世祖章皇帝實錄》，卷一四四，華文書局，頁 1695～1697。

第二節　〈圓圓曲〉

〈圓圓曲〉所敘，涉及明清鼎革之際，吳三桂乞師入關事由。崇禎十七年，李自成僭號西安，國號大順。二月，陷山西全境。明思宗詔徵天下兵勤王，吏科給事中吳麟徵請棄山海關外寧遠、前屯二城，徙吳三桂入關，屯宿近郊，以衛京師。廷臣皆以棄地非策，不敢主其議。三月初，始棄寧遠，徵遼東總兵吳三桂、薊遼總督王永吉率兵入衛，而寇已陷眞定。吳三桂棄寧遠，徙二十萬眾〔註40〕，日行數十里，三月十六日始入關，而昌平已陷，賊焚十二陵。十七日，外城陷。十八日，內城亦陷。十九日，思宗自縊。此爲吳三桂請兵前之背景。〔註41〕

吳三桂之入城掃賊，先移檄遠近，言爲先帝發喪，興兵復仇。民間相傳平西伯密諭，約士民縞素復仇，一時都人皆密製素巾。〔註42〕並傳慈烺太子入三桂軍中，傳諭京中官民，整肅靜候。〔註43〕後李自成斬其家屬三十四口，京師米巷諸商且合貲爲之舉喪〔註44〕。北京城中俱延頸望太子至。逮清兵入京，始知爲非。《甲申傳信錄》、《國榷》、《平寇志》、《明季北略》等書，均載其事〔註45〕，如《甲申傳信錄》云：

〔註40〕據《國榷》，談遷著，卷一○○，鼎文書局，頁6040。一說五十萬眾，見《平寇志》，管葛山人輯，卷八，廣文書局，頁408。

〔註41〕參《崇禎實錄》，卷十七，頁8～18，中研院史語所校印本明實錄附錄之二；《國榷》，談遷著，卷一○○，鼎文書局，頁6031～6046。

〔註42〕參《平寇志》，管葛山人輯，卷十，廣文書局，頁503；《國榷》，談遷著，卷一○一，鼎文書局，頁6073。

〔註43〕參《甲申傳信錄》，錢𠑆著，卷八，廣文書局，頁142；《明季北略》，計六奇編輯，卷二十，商務印書館，頁371。

〔註44〕參《平寇志》，管葛山人輯，卷十一，廣文書局，頁528；《甲申傳信錄》，錢𠑆著，卷八，廣文書局，頁142；《明季北略》，計六奇編輯，卷二十，商務印書館，頁371。

〔註45〕《甲申傳信錄》，錢𠑆著，卷八，廣文書局，頁142；《國榷》，談遷著，卷一○一，鼎文書局，頁6082～6083；《平寇志》，卷十一，廣文書局，頁529；《明季北略》，卷二十，商務印書館，頁372。

> （五月）初二日，錦衣衛都指揮使駱養性，同吏部侍郎沈惟炳諸臣立先帝位於午門，行哭臨禮，既畢，駱備法駕迎東宮於朝陽門。
>
> 初三日晨起，諸臣俱赴朝哭臨，各先行禮。禮始畢，士民有言鹵簿出郊易輿之際，非東宮也，諸臣皆惶然遽退。

《甲申傳信錄》成書於順治十年左右，其事未遠。觀其所紀，足見其時請兵眞相未盡揭露，是故談遷猶有「吳三桂義師」〔註46〕之謂，且云「吳三桂之乞援建州，非其意也」〔註47〕，爲之作解。而《清世祖實錄》與《東華錄》所云「己丑，師至燕京，故明官員出迎五里外」〔註48〕者，實非迎清，原欲迎東宮慈烺也。

吳三桂請兵之因，時人雖多不明，然有關陳圓圓之事，則已見於各家記載。如《平寇志》云：

> 初，戚畹田都督南遊，取金陵名娼陳沅〔註49〕、顧壽以歸。都督還京病卒，三桂使人以千金買陳沅。闖賊入都，劉宗敏索陳沅於吳襄，不得，收繫襄，酷拷夾索之。三桂聞之，益募兵。〔註50〕

《甲申傳信錄》云：

> 先是十六年春，戚畹田弘遇游南京。吳閶歌妓陳沅、顧壽，名震一時。弘遇欲之，使人市顧壽，得之。而沅尤幽豔絕世，價最高。客有干弘遇者，以八百金市沅，獻之。是歲弘遇還京，病卒。後勷〔註51〕入京，三桂遣人持千金隨勷入田弘遇家，買沅，即遣人送之西平。闖入京師，僞權將軍劉宗敏處田弘遇第，聞沅。壽從優人潛遁，而沅先爲吳勷市去，乃梟優人七人而繫勷索沅。勷具言遣送寧遠，已

〔註46〕《國榷》，卷一〇一，鼎文書局，頁6071。

〔註47〕同前註，頁6075。

〔註48〕《大清世祖章皇帝實錄》，卷五，華文書局，頁51；順治朝《東華錄》，卷一，文海出版社，頁10。

〔註49〕即陳圓圓，名沅，字圓圓。

〔註50〕管葛山人輯，卷十一，廣文書局，頁513。

〔註51〕即吳襄，吳三桂父。此字體略異。

死。宗敏堅疑不信，故掠勳。〔註52〕

《國榷》云：

又外戚左都督田宏遇，前歲（崇禎十五年）遊南京，買歌妓顧壽，而陳沅絕色尤甚。或以八百金市饋宏遇。宏遇卒，三桂以千金得沅。僞都督劉宗敏據田氏第，聞陳沅、顧壽美，索之，壽從優人遁，遂梟優七人，繫襄索沅。襄言已歸寧遠，宗敏不信，拷之酷。〔註53〕

《明季北略》云：

先是十六年春，田皇親遊南京，挈名妓陳沅、顧壽而北。田還京，病死，三桂使人持千金買陳沅去。自成入京，劉宗敏繫吳襄索沅，不得，拷掠甚酷。三桂聞之，益募兵至七千。〔註54〕

各家記載，大同小異。歸納所述，可得知下列諸事：一、田弘遇游南京，買陳圓圓北歸。二、田弘遇病卒，陳圓圓歸吳三桂所得。三、李自成入京，劉宗敏繫吳襄索陳圓圓。其中《平寇志》與《明季北略》且指出，吳三桂益募兵備戰，乃緣於聞拷父索沅事。可見吳三桂之於圓圓，眷顧實深。再參以《庭聞錄》所紀，則三桂爲陳沅而態度翻然驟變一事，益爲詳備。《庭聞錄》云：

（崇禎十六年三月）二十日，至豐潤聞變，還師山海關。吳驤〔註55〕既降賊，三桂亦以所部之眾西行赴降。道遇家人，來自京師者，詰問，得父被執狀。莞爾曰：「此脅我降耳，何患！」復問：「陳姬無恙乎？」陳姬，名沅，字圓圓，吳門名姬，得之戚畹田宏遇者也。色美而善歌，三桂嬖之。賊執驤，圓圓爲僞將軍劉宗敏所掠。家人以告。三桂怒曰：「大丈夫不能保一女子，何面目見人耶！」遂揮眾返，縱掠而來。〔註56〕

〔註52〕錢𣆶著，卷八，廣文書局，頁140。

〔註53〕談遷著，卷一〇〇，鼎文書局，頁6065。

〔註54〕計六奇編輯，卷二十，商務印書館，頁368。

〔註55〕即吳襄，此亦用字略異。

〔註56〕劉健撰，卷一，《臺灣文獻叢刊》第二百四十八種，頁3。

〈庭聞錄序〉題爲康熙五十八年作，雖成書較晚，然作者劉健之父劉崑，清初任雲南知府，詳知吳事。吳三桂反於雲南，劉崑且遭軟禁。曾著《吳三桂傳》、《滇變記》等書紀吳事，惜皆不傳。劉健即舉所聞於父之吳三桂事，錄而成書，此亦《庭聞錄》書名由來。〔註57〕此中詳記吳三桂本欲降賊，爲陳圓圓故而復返山海關情形。《甲申傳信錄》亦載，三桂將降賊，聞繫襄拷掠而復返關：

> 闖令諸將各發書招三桂，又令其父勷亦書諭使速降。三桂統帥入關，至永平沙河驛，聞其父爲賊刑掠且甚，三桂怒，遂從沙河驟縱兵大掠而東，所過糜爛。頓兵山海城，益募兵議復京。〔註58〕

《國榷》所載略同〔註59〕。唯二書僅言聞父爲賊拷掠，未確指陳圓圓。然三桂入關而復返，則爲事實。且所以繫襄刑掠，即因欲索圓圓之故。二書與《庭聞錄》所紀，可相爲參照。

吳三桂以圓圓陷賊，而態度驟變一事，徵諸明宮監王永章所著《甲申日記》而益信。記云：

> 四月初一日，吳襄繳到三桂二十二日書云：「聞京城已陷，未知確否？大約城已被圍。如可遷避出城，不可多帶銀物，埋藏爲是。並祈告知陳妾，兒身甚強，屬伊奈心。」第二書云：「得探報，京城已陷，兒擬即退駐關外。倘已事不可爲，飛速諭知。家中俱陷賊中，只能歸降。陳妾安否？甚爲念。」第三書二十五日發，云：「接二十日諭，已知歸降，欲保家口，只得降順；達變通權，方是大丈夫。惟來諭陳妾騎馬來營，何曾見有蹤跡？如此輕年小女，豈可放令出門？父親何以失算至此？兒已退兵至關，預備來降，惟此事實不放心。」第四書二十七日發，云：「前日探報，陳妾被劉宗敏掠去，嗚呼哀哉！今生不能復見。初不料父親失算至此！昨乘賊不

〔註57〕參《庭聞錄》〈序〉，《臺灣文獻叢刊》第二百四十八種。又參〈「圓圓曲」辨〉，童恩翼，《文學遺產》，1981 年第二期，頁 132。

〔註58〕錢𨁏著，卷八，廣文書局，頁 139。

〔註59〕談遷著，卷一〇一，鼎文書局，頁 6069。

備，攻破山海關一面，已向清國借兵。本擬長驅直入，深恐陳妾或已回家，或劉宗敏知係兒妾，並未奸殺，以招兒降，一經進兵，反無生理，故飛稟問訊。」第五書：「奉諭：陳妾安養在宮，但未有確實之說。究竟何來？太子既在宮中，曾否見過？父親既已降順，亦可面奏，說明此意。但求將陳妾、太子兩人送來，立刻降順。」〔註 60〕

據此家書，可印證下列諸事：一、吳三桂本有降順李自成意，《庭聞錄》等所載爲是。二、劉宗敏繫拷吳襄，索陳圓圓，終果獲之。三、前述《平寇志》、《甲申傳信錄》、《國榷》等書，紀吳襄具言陳沅遣送寧遠者，當實有其舉。然不知何故，遣送未果，爲劉宗敏掠去。或乃於遣送途中被奪，故家書言「來諭陳妾騎馬來營」，又言「探報，陳妾被劉宗敏掠去」。四、吳三桂之眷顧於陳圓圓者深矣。家書之中，眷念其安危甚切。欲降欲攻，概因之而取決。家書言謂前日探報被掠，次日即乘賊不備，攻關，請兵。又因恐危及陳圓圓，而未敢進兵。且言但將陳妾與太子送來，即立可降順。關切之甚，昭昭而見。

至於請兵之期，《世祖實錄》與《東華錄》俱云：

（順治元年四月十五日）壬申，……明平西伯吳三桂遣將楊珅、遊擊郭雲龍自山海關來致書曰……。〔註 61〕

而吳三桂三月二十七日家書已云「向清國借兵」，所載似不一致。或其時已遣發其使，逮至四月十五日，則抵清營呈書也。然則，吳三桂以陳圓圓之故，欲降而復悔，亦以陳圓圓故，乞師於清，當可深信。

另有謂奪陳圓圓乃李自成者，如《四王合傳》與《明亡述略》〔註 62〕。

〔註 60〕《清代通史》引，蕭一山著，商務印書館，頁 269～270；又〈「圓圓曲」辨〉亦言及，童恩翼，《文學遺產》，1981 年第二期，頁 132。

〔註 61〕《大清世祖章皇帝實錄》，卷四，華文書局，頁 45；順治朝《東華錄》，卷一，文海出版社，頁 9。

〔註 62〕《四王合傳》，無名氏撰，《明季稗史初編》卷二六，商務印書館，頁 443～444；《明亡述略》，鎖綠山人述，卷上，新興書局《筆記小說大觀》四編，頁 5294。

然史載李自成「不好酒色」〔註63〕，全祖望嘗紀：

> 據楊宛叔言，與沅同見縶於劉宗敏，既而沅爲宗敏所挾去，不知所往。〔註64〕

楊宛叔，名宛，本吳娼，亦田宏遇南遊時挾歸〔註65〕。全氏紀楊宛與陳沅同見縶於劉宗敏，由全氏之紀，益可證三桂家書「探報，陳妾被劉宗敏掠去」之消息無誤，且掠陳圓圓者，當以劉宗敏爲是，非李自成也。

由上所述，吳三桂乃聞陳圓圓被掠，故而乞師於清，殆爲事實。由此可知，吳梅村〈圓圓曲〉所云「衝冠一怒爲紅顏」，實一語道破吳三桂乞兵復仇之眞相。吳三桂請兵事由已明，吾人可進一步辨證〈圓圓曲〉所敘諸項史實。

〈圓圓曲〉敘事以陳圓圓爲主，起於被強載離鄉，迄於隨吳三桂入鎮漢中。「橫塘雙槳去如飛，何處豪家強載歸」，即被強載離鄉之時。「何處豪家」對照「相見初經田竇家」一語，則強載圓圓之人，當即田宏遇。「田竇」謂田蚡、竇嬰，乃漢外戚。梅村借「田」姓，以指明朝外戚田宏遇。此用典而借用字面，以指涉同姓者之例，梅村詩所在多有〔註66〕。前述《甲申傳信錄》、《國榷》、《平寇志》、《明季北略》、《庭聞錄》等書，亦曰田宏遇，而鈕琇《觚賸》與《清史列傳・逆臣傳》，皆謂嘉定伯周奎〔註67〕。此又可據圓圓北上時間之考繫而得證。陳圓圓被購赴京之期，《國榷》繫之於崇禎十五年，《甲申傳信錄》繫之於崇禎十六年，前文已引述。又考冒襄《影梅庵憶語》嘗云：

〔註63〕《明史》，卷三〇九，鼎文書局，頁7960。

〔註64〕〈題桑郭餘鈐〉，《鮚埼亭集外編》，卷二九，商務印書館《四部叢刊》初編，頁823。

〔註65〕參《棗林雜俎》，〈和集〉，談遷撰，新興書局《筆記小說大觀》二二編，頁3967。

〔註66〕可參本論文第五章第四節所述。

〔註67〕《觚賸》，卷四，廣文書局，頁94；《清史列傳》，卷八十，頁1，中華書局。

壬午仲春，……因便過吳門慰陳姬，蓋殘冬屢趣余，皆未及答。至則十日前復為竇霍門下客以勢逼去。先，吳門有暱之者，集千人譁劫之。勢家復為大言挾詐，又不惜數千金為賄，地方恐貽伊戚，劫出復納入。余至，悵惘無極，然以急嚴親患難，負一女子，無憾也。〔註 68〕

「壬午仲春」，即崇禎十五年二月。「陳姬」即陳圓圓。冒襄嘗有「蘭心蕙質，澹秀天然，生平所覯，則獨有圓圓耳」〔註 69〕之語。冒、陳二人初見在崇禎十四年初春，八月有「竇霍豪家」掠之，但所得為贗，冒、陳再晤，遂訂終身，冒襄且「即席作八絕句付之」，逮次年仲春再訪，則已眞為掠去矣。〔註 70〕據此，則陳圓圓入京當在崇禎十五年。

又田宏遇崇禎十六年十月二十九日嘗上一奏本，自稟「前歲給假，酬願南海」，「昨歲六月內抵京」〔註 71〕，「前歲」為崇禎十四年，「昨歲」即崇禎十五年，對照《影梅庵憶語》所紀，十四年有奪陳之事，十五年果奪之北上，時序恰為符合。且冒氏謂崇禎十五年，圓圓「復為竇霍門下客以勢逼去」，前述《甲申傳信錄》、《國榷》亦云有客市沅以干宏遇，前奪之未成，後則有客逼劫之，可相參照。由此，可證陳圓圓入京當在崇禎十五年，《國榷》所繫為是。且奪陳者為田氏，嘉定伯周奎之說恐誤。

圓圓為田宏遇強購入京，田氏嘗送之於宮庭，即〈圓圓曲〉所云：「薰天意氣連宮掖，明眸皓齒無人惜」者。陸次雲《圓圓傳》曰：

……畹進圓圓，圓圓掃眉而入，冀邀一顧，帝穆然也，旋命之歸畹第。〔註 72〕

鈕琇《觚賸》曰：

〔註 68〕世界書局，頁 4。

〔註 69〕《婦人集》，陳維崧撰，頁 2，藝文印書館《百部叢書集成》。

〔註 70〕參《影梅庵憶語》，冒襄撰，世界書局，頁 2～4。

〔註 71〕〈兵部題行「兵科抄出前軍都督府左都督田宏遇奏」〉稿，〈「圓圓曲」辨〉引，童恩翼，《文學遺產》，1981 年第二期，頁 131。

〔註 72〕新興書局《筆記小說大觀》五編，頁 4265。

……因出重貲購圓圓，載之於北，納以椒庭。一日，侍后側，上見之，問所從來。后對：「左右供御，鮮同里順意者，茲女吳人，且嫻崑伎，令侍櫛盥耳。」上制於田妃，復念國事，不甚顧，遂命遣還，故圓圓仍入周邸。〔註 73〕

《圓圓傳》「畹」謂田畹，指田宏遇。「畹」爲外戚之稱，陸次雲似誤爲田宏遇名。《觚賸》誤以奪陳圓圓者爲周奎，故有「仍入周邸」語。二說略異，然敘陳圓圓進宮復出者同。梅村所述「明眸皓齒無人惜」「奪歸永巷閉良家」，其事爲是。

至於陳、吳相遇緣由，則〈圓圓曲〉有云：「相見初經田竇家，侯門歌舞出如花。許將戚里箜篌伎，等取將軍油壁車」「恨煞軍書抵死催，苦留後約將人誤」，謂乃田宏遇宴請吳三桂，於席上見陳圓圓，悅之而訂聘，然未及迎取。考史載，崇禎十五年冬，清兵分道入塞，京師戒嚴，詔徵諸鎮入援。十六年四月二十八日，清兵北歸。〔註 74〕五月十二日，諭兵部：「如各總兵入援近郊，許陛見」〔註 75〕。五月十五日，「宴入援總兵吳三桂、劉澤清、馬科等于武英殿」〔註 76〕。是崇禎十六年夏，吳三桂因入援而在京。其舉兵勤王，蒙陛見、賜宴，位勢正如日中天，陸次雲《圓圓傳》與鈕琇《觚賸》均載吳三桂方爲上倚重，可相參證。是故田戚〔註 77〕欲交結之，乃宴請於第，出女樂佐觴，三桂見圓圓而喜，訂聘欲迎，以出關限迫即行，未及娶而送其父吳襄家。《圓圓傳》與鈕琇《觚賸》所述若此〔註 78〕，印證時序，當即崇禎十六年夏，吳三桂在京時事，可見梅村所敘有徵。

崇禎十七年，李自成陷京師，賊帥分據百官第，劉宗敏據左都督

〔註 73〕卷四，廣文書局，頁 94。

〔註 74〕《明史》，卷二四，鼎文書局，頁 331～332。

〔註 75〕《國榷》，談遷著，卷九九，鼎文書局，頁 5975。

〔註 76〕《崇禎實錄》，卷十六，頁 8，中研院史語所校印本明實錄附錄之二，頁 476；《國榷》，談遷著，卷九九，鼎文書局，頁 5976。

〔註 77〕《觚賸》作「嘉定伯」，前已述其非。

〔註 78〕參《圓圓傳》，陸次雲著，新興書局《筆記小說大觀》五編，頁 4265～4266；《觚賸》，鈕琇撰，卷四，廣文書局，頁 94～95。

田宏遇第〔註 79〕，聞陳圓圓美色，遂有繫襄索沅而奪之之事。吳三桂聞陳圓圓被掠，乃翻然返關，而乞師於清。

又《甲申傳信錄》云：

> 謀者以三桂叛據山海關聞，闖責劉宗敏，亦已潛釋襄，且宴之矣。〔註 80〕

三桂攻關、請兵之後，家書有云「奉諭：陳妾安養在宮」，或即其時。

吳三桂請兵，與李自成戰於山海關，大敗之，一路追擊而西，李自成馳入京，殺吳襄全家〔註 81〕，〈圓圓曲〉云：「全家白骨成灰土」，即謂此事。

吳三桂一面追擊李自成，一面不忘搜訪陳圓圓，《庭聞錄》云：

> 五月初一日，京城爲大行發喪，設位都城隍廟。諸商乃合資爲吳氏發喪，遺屍悉以厚櫬殮之。是日輦下喧傳，三桂從賊中奪太子以入，入即太子嗣立。延頸以待。而三桂兵至榆河，睿主檄其追賊，請入都，不許。乃於道中命人求陳沅，而自從蘆溝橋逐賊而西。〔註 82〕

《觚賸》則云：

> 延陵（吳三桂）追度故關至山西，晝夜不息，尚未知圓圓之存亡也。其部將已於都城搜訪得之，飛騎傳送，延陵方駐師絳州，將渡河，聞之大喜，遂於玉帳結五綵樓，備翟茀之服，從以香輦，列旌旂簫鼓三十里，親往迎迓。〔註 83〕

是吳三桂念念不忘陳圓圓，終得之於戰場。〈圓圓曲〉云：「蠟炬迎來在戰場，啼妝滿面殘紅印」，謂陳、吳二人相會於戰場者，由是可證。

順治五年，吳三桂奉命移鎮漢中，攜陳圓圓隨行，〈圓圓曲〉所

〔註 79〕參《平寇志》，管葛山人輯，卷九，廣文書局，頁 431；《甲申傳信錄》，錢馹著，卷八，廣文書局，頁 140。

〔註 80〕錢馹著，卷八，廣文書局，頁 140。

〔註 81〕參同前註，頁 142；《平寇志》，管葛山人輯，卷十一，廣文書局，頁 518；《國榷》，談遷著，卷一〇一，鼎文書局，卷六〇七九。

〔註 82〕劉健撰，卷一，《臺灣文獻叢刊》第二百四十八種，頁 7。

〔註 83〕鈕琇撰，卷四，廣文書局，頁 95。

云「專征簫鼓向秦川」四句，即指此事〔註84〕。

後康熙十二年，吳三桂反於雲南，二十年，平之，籍其家。《觚賸》云：

> 籍其家，舞衫歌扇，穉蕙嬌鶯，聯艫接軫，俱入禁掖。邢之名氏，獨不見於籍，其玄機之禪化耶？其紅線之仙隱耶？其盼盼之終於燕子樓耶？已不可知。〔註85〕

「邢」即陳圓圓，《觚賸》謂其本出於邢，以養姥姓陳，故幼從陳姓〔註86〕。三桂叛事平後，圓圓蹤跡似成謎團，至有據此謂陳圓圓未歸吳三桂者〔註87〕，然求諸《庭聞錄》則得解。錄云：

> 八面觀音與圓圓，並擅殊寵；……辛酉（康熙二十年）城破，圓圓先死，八面歸綏遠將軍蔡毓榮。〔註88〕

可見城破時，陳圓圓已亡故，故其名氏不見於籍。

除〈圓圓曲〉外，吳梅村另有〈雜感〉一首，亦詠陳、吳二人之事，可與〈圓圓曲〉相互發明：

> 武安席上見雙鬟，血淚青娥陷賊還。
> 只爲君親來故國，不因女子下雄關。
> 取兵遼海哥舒翰，得婦江南謝阿蠻。
> 快馬健兒無限恨，天教紅粉定燕山。〔註89〕

「只爲君親來故國，不因女子下雄關」乃反諷，與〈圓圓曲〉「慟哭六軍俱縞素，衝冠一怒爲紅顏」，有異曲同工之妙。「武安席上見雙鬟」，「武安」即漢外戚武安侯田蚡，亦借其姓指田宏遇，可與〈圓圓曲〉「相見初經田竇家」一語互證。「天教紅粉定燕山」，則足爲「一代紅妝照汗青」之註腳。此詩責刺憤慨之情，遠較〈圓圓曲〉爲烈。

而其時言及陳圓圓與吳三桂事者，實亦不僅梅村一人而已。吳三

〔註84〕參前第五章第三節註11所述。
〔註85〕鈕琇撰，卷四，廣文書局，頁98。
〔註86〕同前註。
〔註87〕如〈論「圓圓曲」〉，姚雪垠，《文學遺產》，1980年第一期，頁70。
〔註88〕劉健撰，卷六，《臺灣文獻叢刊》第二百四十八種，頁93。
〔註89〕〈雜感二十一首〉其十八，《家藏稿》，卷六，頁4。

桂反於雲南，曾遣使至徽州禮聘謝四新，謝氏自明亡即隱居不出，使至，辭聘不赴，且答一詩曰：

李陵心事久風塵，三十年來詎臥薪？
復楚未能先覆楚，帝秦何必又亡秦？
丹心早爲紅顏改，青史難寬白髮人。
永夜角聲應不寐，那堪思子又思親！〔註 90〕

「復楚未能先覆楚」二句，蓋責三桂引兵亡明；「帝秦何必又亡秦」，則刺其事清復叛。「丹心早爲紅顏改」，與梅村「衝冠一怒爲紅顏」同義，皆譏其爲一女子，而愧負君親。至於「青史難寬白髮人」一語，謂其將遺臭於後世，直語痛斥，竟無寬貸。謝氏之詩，足可與〈圓圓曲〉相印證。

〈圓圓曲〉與〈清涼山讚佛詩四首〉所涉事蹟，皆明證如上，足見梅村詩敘事之不妄。句句不空，事事有據，據事類情，無愧於詩史之名矣。夫以文學作品，而能客觀留存當代實事，並洞悉其中眞相，誠其識見敏銳，留心於史，且才力過人，取精用宏，故能網羅龐雜史實，馭於筆下，而至斯境也！

〔註 90〕《平吳錄》，孫旭撰，頁 7，《辛巳叢編》，藝文印書館。

第七章　結　論

第一節　吳梅村敘事詩之風格

詩人之有成就者，恒有其獨特創作風格。所謂「各師成心，其異如面」〔註1〕，作品之具風格，猶人之自有性格。缺乏創作性格，詩人必難躋身於文學壇坫。以是述吳梅村敘事詩創作風格，藉窺其成就焉。

有成就之詩人，其創作風格，又恒豐富而多樣。吳梅村敘事詩所記，幾皆當代實人實事。取材於時代社會眞實事蹟，繼承我國敘事詩體自詩經、漢魏樂府以降之寫實傳統。與另一敘事寫實大家杜甫相較，二者寫實風格如出一轍，而吳梅村之表現尤為鋪揚踔厲。三十八首敘事詩，紀錄時事，描述現實，反映民生，其中人事尤多確鑿可按，人物泰半可指名問姓，而事件經過多有史籍契證，歷代寫實存眞之作風，未有如斯達於極致者，允為吳梅村敘事詩一大特色。〔註2〕

又吳梅村敢於以容量有限之詩歌篇幅，取龐大複雜之史事為題材，籠寰宇於眼底，攝萬物入筆端。於明清交替之際，網羅一代興亡

〔註 1〕《文心雕龍．體性篇》，劉勰著，學海出版社，頁 505。
〔註 2〕參本論文第二章第二節、第三章、第六章。

變革，表現格局恢宏，筆勢奔騰，沉雄壯濶之氣慨。如〈臨江參軍〉以楊廷麟爲經，盧象昇爲緯，寫出朝政昏闇不明，對外戰事失利之史實。〈吳門遇劉雪舫〉以劉雪舫爲線索，展示諸外戚境遇之盛衰變化，具現明朝國運由榮而枯之局面。〈遇南廂園叟感賦八十韻〉囊括金陵古今勝蹟，以及時代滄桑、江南兵火與民生疾苦之內容。均洋洋灑灑，氣魄壯大。筆法則順敘、倒敘、自述、旁述，穿插交錯。其雄濶雅健，如千巖競秀，萬壑爭流，見跌宕頓挫，魚龍變化之鉅觀。又如〈琵琶行〉，以崇禎一朝局勢氣象，聯繫於絃索檀板之間。〈永和宮詞〉，以田妃一生榮辱哀樂爲線索，組織宮闈生活、微妙紛爭、外戚恃寵驕專、寇亂橫流並國破人亡諸事蹟，繪出崇禎十七年朝局變化之軌跡。有限篇幅內，內容豐富繁複，縱橫交織，筆勢則馳驟捭闔，氣象萬千，靳榮藩嘗云：

> 梅村當本朝定鼎之初，親見中原之兵火、南渡之荒淫，其詩如高山大河，如驚風驟雨。〔註3〕

吳梅村敘事詩經由描述具體事件，牽合歷史興替，取材壯濶，格局恢宏，筆勢縱橫，波瀾迭盪，確令人有高山大河之感，展現其沉雄磅礡之一面風貌。〔註4〕

吳梅村敘事詩具有寫實存眞與磅礡壯濶風格，乃自取材與筆勢、格局而言。若自蘊含情思與辭藻運用以觀，則又見其哀樂交纏之特殊情采。吳梅村敘事詩所含情感，無論爲家國之慟、滄桑之感、漂蕩之苦或對生民之惋憐，均蒼涼沉鬱，哀婉淒苦。令人一唱三歎，摧腸傷肝。然而所用辭藻，又鏤金錯采，選聲作色，顯現華妍綺麗，旖旎明豔之景觀。而極寫榮樂富盛，華麗綺豔，每每又意在反襯哀情淒境。〈蕭史青門曲〉、〈永和宮詞〉前幅述繁華榮貴之風光益盛，後幅淒涼殘破之悲情益苦。〈鴛湖曲〉寫鴛湖春景繽紛，景致鮮麗至甚，其家園殘破，物是人非之情，亦愈哀深淒絕。外表極盡嫵媚綺

〔註3〕〈吳詩集覽序〉，靳覽本。
〔註4〕參本論文第三章、第五章、第六章。

妍，而內涵則悽愴悲楚，長歌當哭。於是顯現淒麗蒼涼，哀感頑豔之交纏異采。錢謙益嘗謂之「於歌禾賦麥之時，爲題桃看柳之句」〔註 5〕，朱庭珍亦云其「以琵琶、長恨之體裁，兼溫、李之詞藻風韻。故述詞比事，濃豔哀婉，沁入肝脾」〔註 6〕。淒麗纏綿，辭甚豔而旨甚哀，允爲吳梅村敘事詩之特殊風格。《四庫全書總目提要》謂其「格律本乎四傑，而情韻爲深；敘述類乎香山，而風華爲勝」〔註 7〕，宜作如是觀。〔註 8〕

吳梅村向好用典故，於敘事詩中亦然。典故之使用，可使辭句精簡濃縮，奏精練之功。亦可藉已成形之意象，使所欲表達者形象益爲鮮明。然使事用典，連篇累牘，亦令吳梅村敘事詩，意旨迂迴隱約，詩風含蓄朦朧，而有周深曲折之感。唯其身歷鼎革，處兩姓之間，敘事詩所紀，又多興亡史事，觸新朝大忌，援筆行文，誠亦不得直抒心臆。寫作技巧表現爲使事用典，而致詩風曲深外，褒貶評議，復益暗伏深藏，令詩之旨涵，曲折幽隱。如明思宗用人不明，吳梅村實有微辭，而仍婉爲君解。清以外族入主，覆故朝，淪華夏。於君國，於文化，吳梅村實大爲悲慟憤切，然唯於字裏行間，涓滴以出而已。典故繁多，喜惡褒貶之表達曲折，皆促使吳梅村敘事詩之義旨不易參透，委婉曲深。委婉曲深，是又爲其風格之一。〔註 9〕

吳梅村敘事詩之風格，寫實、磅礴、哀豔、曲深等，豐富而多樣，經詩人才力運轉，交揉融合於詩作之中，宛如架構堂皇，雕飾精麗，迴廊深折之層樓畫殿，行遊其間，隨步成景，可供無盡賞玩，亦良爲後學者取效習仿之資。誠其造詣超卓，乃能至斯。

〔註 5〕〈讀梅村宮詹豔詩有感書後四首序〉，《有學集》，卷四，商務印書館《四部叢刊》。

〔註 6〕《筱園詩話》，卷二，《清詩話續編》，木鐸出版社，頁 2355。

〔註 7〕《四庫全書總目提要》，卷一七三，商務印書館，第四冊，頁 581。

〔註 8〕參本論文第四章第一節、第五章第四節。

〔註 9〕參本論文第四章第二節、第五章第四節。

第二節　吳梅村敘事詩之評價

吳梅村歷來有「詩史」之評，潘應椿〈吳詩集覽序〉嘗云：

> 梅村生遭亂離，親見中原板蕩之艱，其身之所歷，目之所接，一寓之於詩。梅村之詩，一代之史繫之。〔註10〕

維其敘事詩所紀，幾乎網羅一代興亡事蹟，「詩史」之義，於敘事詩中，表現尤爲充分淋漓。《艮齋雜說》云：

> （梅村）身遭鼎革，觸目興亡，其所作〈永和宮詞〉、〈琵琶行〉、〈松山哀〉、〈鴛湖曲〉、〈雁門尚書〉、〈臨淮老妓〉，皆可備一代詩史。〔註11〕

鄭方坤〈梅村詩鈔小傳〉亦云：

> 所作〈永和宮詞〉、〈琵琶行〉、〈松山哀〉、〈雁門尚書行〉、〈思陵長公主輓詩〉諸什，鋪張排比，如李龜年說開元天寶遺事，皆可備一代詩史。〔註12〕

論者評述其「詩史」之表現，所引例證，殆皆敘事之作。可知其敘事詩，乃充分顯露「詩史」之義者。且梅村亦嘗以此自許：

> ……余得〈臨江參軍〉一章，凡數十韻。……余與機部相知最深，於其爲參軍，周旋最久，故於詩最眞，論其事最當，即謂之詩史，可勿愧。〔註13〕

由是，可見吳梅村誠爲有意於「詩史」者。其敘事詩之創作，殆亦緣此而發。且詩作表現，亦未負初衷，「詩史」之評，可爲定論。

以故吳梅村敘事詩非唯可貴之文學作品，且爲明清鼎革之際，留存價值重大之時事紀錄。其後史家考正當代史實，每參據其敘事詩所紀。如《明史・李濬傳》載甲申之變，襄城伯李國楨解甲聽命，降於闖賊〔註14〕，即據〈吳門遇劉雪舫〉所云「寧同英國死，不作襄城生」

〔註10〕《吳詩集覽》，靳榮藩輯，清乾隆四十年刊本。
〔註11〕《吳詩談藪》引，卷之上，頁10，靳覽本附。
〔註12〕《清朝詩人小傳》，卷一，廣文書局，頁18。
〔註13〕《梅村詩話》，《家藏稿》，卷五八，頁2～3。
〔註14〕《明史》，卷一四六，鼎文書局，頁4109。

句。〔註15〕靳榮藩亦云：

> 《明史》頒於乾隆二年，距梅村之沒已六十餘年，然實與其詩相證。〔註16〕

吳梅村敘事詩之史料價值，不容忽視。

然則所謂「詩史」，實意涵有二。一曰以詩作史。忠實紀述客觀史事，因而保存可貴史料。二曰以史筆作詩。敘事寫實之同時，暗寓春秋之筆，褒貶之義。吳梅村敘事詩寄寓褒貶，史筆鞭撻嚴正，陸次雲嘗譽爲「詩史之董狐」，陸氏曰：

> 梅村效琵琶、長恨體，作〈圓圓曲〉以刺三桂。曰：「衝冠一怒爲紅顏」，蓋實錄也。三桂齎重幣，求去此詩，吳勿許。當其盛時，祭酒能顯斥其非，却其賄遺而不顧，於甲寅之亂，似早有以見其微者。嗚呼！梅村非詩史之董狐也哉！〔註17〕

春秋之筆，嚴於斧鉞，人傳吳三桂齎幣事，正見吳梅村褒貶之嚴正，論事之信實。所謂「於詩最眞，論其事最當」者，誠不止於〈臨江參軍〉一章。

吳梅村效琵琶、長恨之體，創作大量敘事長篇，非但承繼前賢敘事傳統，且進一步擴展題材範圍，創造風格別具之表現手法。無論人物塑造、情節安排或章法佈局等，皆有其高度成就。敘事詩體創作，遂由之闢立嶄新局面。試以白居易、元稹爲例相較，即可知之。如白氏〈長恨歌〉、元氏〈連昌宮詞〉，亦取材於歷史，然二者僅就複雜史實，抽取部分爲題材。史實業經簡化，題材較爲單一。且因主題需要，可添加藝術創造成分，甚或改造。然吳梅村敘事詩，則忠實紀錄客觀史實，題材複雜，頭緒紛繁，表現手法亦縱橫交錯，奔騰馳驟，爲敘事詩體擴大題材範圍，提高藝術技巧，實貢獻莫大。是故，敘事詩發

〔註15〕參《甌北詩話》，趙翼著，卷九，木鐸出版社，頁 140；〈論吳梅村文學〉，何朋，《崇基學報》，第八卷第二期，頁 91～92。

〔註16〕靳覽本，〈凡例〉。

〔註17〕《圓圓傳》，新興書局《筆記小說大觀》五編，頁 4268。

展演進中，吳梅村宜有其舉足輕重之地位。由是，亦知吳梅村敘事詩之探討，對敘事詩研究，誠意義非凡。

吳梅村人格出處，世論咎譽不一，然而無妨於其作品表現之佳績也。其敘事詩，無論史料價值、文學價值，均有超卓建樹，吾人亦宜以史學與文學之雙重眼光，深入研探，而給予肯定之評價。夫中國敘事詩之研究，猶多荒榛，本論文嘗試自題材、情思內涵、敘事手法、史實辨證等，兼顧文學與史學之角度，多方分析探索。若得以闡明敘事詩之內涵與技巧於萬一，而有助敘事詩之研究與創作，是即本論文撰述之深衷也。

主要參考書目

壹、專　著

一

1. 《梅村家藏稿》，吳偉業，上海涵芬樓影印董氏新刊本。
2. 《梅村家藏稿》，吳偉業，學生書局，民國 64 年景印初版。
3. 《梅村集（卷一至卷二十）》，吳偉業，清初刊本。
4. 《梅村集（卷二十一至卷四十）》，吳偉業，清康熙八年顧湄刊本。
5. 《梅村集外詩》，吳偉業，《棣香齋叢書續刊》第二冊。
6. 《吳梅村先生編年詩集》，吳偉業，程穆衡原箋，楊學沆補注，太倉先哲遺書本。
7. 《吳梅村詩集箋注》，程穆衡原箋，楊學沆補注，古籍出版社，1983 年第一版。
8. 《吳詩集覽》，靳榮藩輯，乾隆四十年刊本。
9. 《吳詩集覽》，靳榮藩輯，中華書局《四部備要》，民國 54 年臺一版。
10. 《足本箋注吳梅村詩集》，吳翌鳳箋注，廣文書局，民國 71 年初版。
11. 《綏寇紀略》，吳偉業纂輯，新興書局《筆記小說大觀》二十四編，民國 68 年版。
12. 《復社紀事》，吳偉業，新興書局《筆記小說大觀》十編，民國 64 年版。
13. 《鹿樵紀聞》，梅村野史，新興書局《筆記小說大觀》十編，民國 64 年版。
14. 《吳梅村年譜》，鈴木虎雄編撰，《「高瀨博士還曆紀念」支那學論叢》，日本京都弘文堂書坊，1928 年。
15. 《吳梅村（偉業）年譜》，馬導源編，文海出版社《近代中國史料叢刊》第九十五輯，民國 62 年影印初版。

二

1. 《江左三大家詩鈔》，顧有孝、趙澐輯，廣文書局，民國 62 年初版。
2. 《牧齋有學集》，錢謙益，商務印書館《四部叢刊》正編，民國 68 年臺一版。
3. 《壯悔堂集》，侯方域，中華書局《四部備要》本，民國 54 年臺一版。
4. 《鮚埼亭集》，全祖望，商務印書館《四部叢刊》初編縮印本，民國 56 年臺二版。
5. 《陳眉公先生全集》，陳繼儒，明崇禎間刊本。
6. 《小倉山房詩集》，袁枚，廣文書局，民國 60 年初版。
7. 《洪北江（亮吉）先生遺集》，洪用懃等編撰，華文出版社，民國 58 年版。
8. 《王國維全集書信》，吳澤主編，劉寅生、袁英光編，華世出版社，1985 年臺一版。
9. 《本事詩》，徐釚輯，《邵武徐氏叢書》第二集。
10. 《歷代詩話》，何文煥訂，藝文印書館，民國 63 年三版。
11. 《甌北詩話》，趙翼，木鐸出版社，民國 71 年版。
12. 《雪橋詩話》，楊鍾羲，鼎文書局《歷代詩史長編》第十七種，民國 60 年初版。
13. 《十朝詩乘》，郭則澐，學生書局《中國史學叢書續編》，民國 65 年景印初版。
14. 《藝概》，劉熙載，廣文書局，民國 63 年再版。
15. 《人間詞話》，王國維，天龍出版社，民國 70 年再版。
16. 《清詩紀事初編》，鄧之誠，鼎文書局《歷代詩史長編》第十五種，民國 60 年初版。
17. 《清詩話》，王夫之等，丁福保編，明倫書局，民國 60 年初版。
18. 《清詩話續編》，郭紹虞編選，木鐸出版社，民國 72 年初版。
19. 《越縵堂讀書記》，李慈銘，世界書局，民國 64 年再版。
20. 《越縵堂讀書簡端記》，李慈銘，王利器纂輯，1981 年版。
21. 《武英殿本四庫全書總目提要》，永瑢、紀昀等，商務印書館，民國 72 年初版。
22. 《清人文集別錄》，張舜徽，明文書局，民國 71 年初版。
23. 《明末清初的學風》，謝國楨，仲信出版社，未標出版年月。

24. 《中國詩學大綱》，楊鴻烈，商務印書館《人人文庫》，民國 65 年臺二版。
25. 《白話文學史》，胡適，文光圖書公司，民國 67 年出版。
26. 《中國歷代故事詩》，邱師燮友，三民書局，民國 63 年四版。
27. 《詩學箋註》，亞里士多德，姚一葦譯註，中華書局，民國 62 年三版。
28. 《中華藝林叢論》第八冊，沈尹默等，文馨出版社，民國 65 年初版。
29. 《中國語文論叢》，周法高，正中書局，民國 70 年臺三版。
30. 《中國詩歌研究》，羅宗濤等，中央文物供應社，民國 74 年出版。
31. 《文學美綜論》，柯慶明，長安出版社，民國 72 年。
32. 《高陽說詩》，許晏駢，聯經出版公司，民國 71 年印行。
33. 《中國古典小說藝術欣賞》，賈文昭、徐召勛，里仁書局，民國 73 年版。
34. 《中國小說比較研究》，侯健，東大圖書公司，民國 72 年初版。
35. 《小說面面觀》，佛斯特，李文彬譯，志文出版社《新潮文庫》，民國 74 年再版。
36. 《小說的分析》，William Kenney，陳迺臣譯，成文出版社，民國 66 年初版。
37. 《文學概論》，王夢鷗，藝文印書館，民國 65 年初版。
38. 《西洋文學術語叢刊》，John D. Jump 主編，顏元叔主譯，黎明文化事業公司，民國 62 年出版。

三

1. 《新校本明史并附編六種》，張廷玉等，鼎文書局，民國 64 年初版。
2. 《清史稿》，趙爾巽等，鼎文書局，民國 70 年初版。
3. 《崇禎實錄》，中研院史語所校印本《明實錄》附錄之二，民國 56 年印行。
4. 《痛史本崇禎長編》，中研院史語所校印本《明實錄》附錄之四，民國 56 年印行。
5. 《大清世祖章（順治）皇帝實錄》，華文書局，未標出版年月。
6. 《十二朝東華錄·順治朝》，蔣良麒原纂，王先謙改修，文海出版社，民國 52 年初版。
7. 《清史列傳》，中華書局，民國 51 年臺一版。
8. 《國榷》附《北游錄》，談遷，鼎文書局，民國 67 年初版。

9. 《復社紀略》，眉史氏，廣文書局《中國近代內亂外禍歷史故事叢書》，民國 53 年初版。
10. 《平寇志》，管葛山人輯，廣文書局，民國 63 年初版。
11. 《甲申傳信錄》，錢䎸，廣文書局《中國近代內亂外禍歷史故事叢書》，民國 53 年初版。
12. 《明季北略》，計六奇編輯，商務印書館《國學基本叢書四百種》，民國 57 年臺一版。
13. 《明亡述略》，鎖綠山人述，新興書局《筆記小說大觀》四編，民國 63 年版。
14. 《明季稗史初編》，商務印書館《國學基本叢書四百種》，民國 57 年臺一版。
15. 《庭聞錄》，劉健述，《臺灣文獻叢刊》第二百四十八種，民國 57 年出版。
16. 《平吳錄》，孫旭，藝文印書館《辛巳叢編》，未標出版年月。
17. 《續指月錄》，聶先編集，新文豐出版公司，民國 65 年初版。
18. 《普濟玉琳國師語錄》，得度小師嗣法孫超琦輯錄，民國 67 年初版。
19. 《碑傳集》，錢儀吉纂，光緒十九年江蘇書局校刊本。
20. 《文獻徵存錄》，王藻、錢林纂，咸豐八年刻有嘉樹軒藏板。
21. 《清朝詩人小傳》，鄭方坤，廣文書局，民國 60 年初版。
22. 《棗林雜俎》，談遷，新興書局《筆記小說大觀》二十二編，民國 67 年版。
23. 《迂亭雜説》，邵廷烈輯，《棣香齋叢書續刊》第二冊。
24. 《圓圓傳》，陸次雲，新興書局《筆記小說大觀》五編，民國 63 年版。
25. 《繪圖觚賸正續編》，鈕琇，廣文書局，民國 58 年初版。
26. 《廣陽雜記》，劉獻廷，河洛出版社，民國 65 年景印初版。
27. 《婦人集》，陳維崧，藝文印書館《百部叢書集成》。
28. 《太倉州志》，王祖畬等，中國地方文獻學會，民國 64 年臺一版。
29. 《湯若望傳》，魏特，楊丙辰譯，商務印書館，民國 49 年臺一版。
30. 《清代通史》，蕭一山，商務印書館，民國 21 年版。
31. 《明清史講義》，孟森，里仁書局，民國 71 年版。
32. 《清代史》，孟森編著，吳相湘校讀，正中書局，民國 49 年臺一版。
33. 《心史叢刊》，孟森，文海出版社《近代中國史料叢刊續編》第 94

輯，民國 71 年出版。

34. 《明清史論著集刊》，孟森，世界書局，民國 69 年三版。
35. 《明清之際黨社運動考》，謝國楨，商務印書館《人人文庫》，民國 67 年臺三版。
36. 《晚明流寇》，李文治編著，食貨出版社，民國 72 年初版。
37. 《清史雜筆（二）》，陳捷先，學海出版社，民國 66 年初版。

四

1. 《三十三種清代傳記綜合引得》，燕京大學，1932 年版。
2. 《歷代詩史長編人名索引》，王德毅編，鼎文書局，民國 60 年初版。
3. 《兩千年中西曆對照表》，薛仲山、歐陽頤，學海出版社，民國 59 年初版。

貳、論　文

一

1. 〈中國敘事詩研究〉，吳國榮，文大中研所七十四年碩士論文。
2. 〈吳梅村及其三種曲研究〉，歐陽岑美，高師國研所七十一年碩士論文。
3. 〈唐代敘事詩研究〉，梁榮源，臺大中研所六十一年碩士論文。
4. 〈梅村詩的憂患意識〉，黃莫倩，輔大中研所七十四年碩士論文。

二

1. 〈史詩與詩史〉，龔鵬程，《中外文學》第十二卷第二期。
2. 〈江左三大家詩評剖〉，翁一鶴，《文學世界》第三十期。
3. 〈吳梅村詩小箋〉，周法高，《大陸雜誌》第十二卷第十一期。
4. 〈吳梅村詩叢考〉，周法高，《香港中文大學中國文化研究所學報》第六卷第一期。
5. 〈吳梅村的詠史詩〉，周法高，《中興評論》第一卷第三期。
6. 〈吳梅村詠史詩三首箋〉，周法高，《大陸雜誌》第九卷第五期。
7. 〈吳梅村詩續箋〉，周法高，《大陸雜誌》第十四卷第五期。
8. 〈吳梅村詩考史徵年〉，周法高，《金匱論古綜合刊》第一期。
9. 〈吳梅村及其文學批評〉，林文寶，《臺東師專學報》第二期。
10. 〈吳梅村交遊考〉，王建生，《東海學報》第二十期。

11. 〈吳梅村的生平〉，王建生，《東海中文學報》第二期。
12. 〈吳梅村詩補箋一勺〉，錢仲聯，1981 年。
13. 〈吳梅村及其現實主義詩歌創作〉，木樨，1980 年。
14. 〈吳梅村詩與清初東北謫戍〉，王大任，《東北文獻》第二卷第三期。
15. 〈吳梅村江上詩考證〉，秦佩珩，《文學年報論文分類彙編》第一卷第六期。
16. 〈吳梅村北行前後詩〉，孫克寬，《中央圖書館館刊》第七卷第一期。
17. 〈吳梅村的「七夕」詩〉，高陽，《聯合報・副刊》，民國 73 年 8 月 4、5 日。
18. 〈吳偉業「圓圓曲」與「楚兩生行」的作期〉，馮沅君，《文史》第四輯。
19. 〈吳偉業「琵琶行」における白居易「琵琶行」の受容〉，竹村則行，《中國文學論集》第十號。
20. 〈書吳梅村圓圓曲後〉，程會昌，《國文月刊》第四五期。
21. 〈略談吳梅村的七言古詩及其「蕭史青門曲」〉，馬鈴娜，《文學遺產》增刊十一輯。
22. 〈清世祖出家考〉，白裕昌，《史苑》第三五期。
23. 〈張孟劬先生遯堪書題〉，王鍾翰錄，《史學年報》第二卷第五期。
24. 〈湯若望與木陳忞〉，陳垣，《輔仁學誌》第七卷第一、二期合刊。
25. 〈「詩史」的明暗兩面〉，高陽，《聯合報・副刊》，民國 73 年 11 月 11 日。
26. 〈董妃與董小宛新考〉，周法高，《漢學研究》第一卷第一期。
27. 〈董鄂妃與董小宛〉，劉潞，《故宮博物院院刊》1980 年第一期。
28. 〈語錄與順治宮廷〉，陳垣，《輔仁學誌》第八卷第一期。
29. 〈「圓圓曲」辨〉，童恩翼，《文學遺產》1981 年第二期。
30. 〈說吳梅村「圓圓曲」〉，周天，《文藝論叢》第十二輯。
31. 〈談遷與吳梅村〉，孫克寬，《大陸雜誌》第五十卷第三期。
32. 〈論吳梅村文學〉，何朋，《崇基學報》第 18 卷第 2 期。
33. 〈論吳梅村的詩風與人品〉，黃天驥，《文學評論》1985 年第二期。
34. 〈論「圓圓曲」〉，姚雪垠，《文學遺產》1980 年第一期。
35. 〈雜記〉，無名氏，《人文月刊》第二卷第三期。